世界文學

經典名作

美麗新世界

BRAVE NEW WORLD
ALDOUS HUXLEY

阿道斯・赫胥黎 著
楊佩芬 譯

烏托邦似乎比我們過去所想像的更容易達到！

而實際上，我們發現正面臨著另一個痛苦的問題——如何去避免它的最終實現？

烏托邦是會實現的。生活直向著烏托邦邁步前進。

或許會開始一個新的世紀，在那個世紀中，知識分子和受教育的階級，將夢寐以求著逃避烏托邦，而回歸到一個非烏托邦的社會……

越少的「完美」，就越多的「自由」！

——尼古拉斯·貝爾迪亞夫

關於本書

阿道斯．雷歐納德．赫胥黎（Aldous Leonard Huxley，一八九四年7月26日——一九六三年11月22日），英格蘭作家。出身於家學淵源的赫氏家族，祖父湯瑪斯是十九世紀著名的生物學者，父親歐納達是英國散文作家，哥哥朱利安是生物學家，而阿道斯進入牛津大學後，主修英國文學與哲學。《美麗新世界》出版之後，轟動全球，舉世震驚！一九五九年榮獲美國藝術學會的小說大獎，赫胥黎也成為英美近代著名作家之一。

《美麗新世界》時間設定於公元26世紀前後，未來世界的人類被政權以生物科技操縱、制約，各種我們現在視作美德的價值觀，也已顛覆，社會分成五等人：「阿爾法」、「貝塔」、「伽瑪」、「德爾塔」和「艾普塞隆」，以阿爾法最高，艾普塞隆最低，按此分配各種階級的工作。優生學成為絕對標準，應用了生物科學管制人類出生，胚胎時期已經決定其社會類別，並在幼兒育成階段加以洗腦。

新世界的人類，由出生起始即被賦予無可改變的宿命，當一群快樂的豬。

一日，有位來自相對於文明世界的「野蠻人保留區」的異種，帶有所謂「人性」名為約翰的野蠻人，闖入了新世界，彼此接觸。既好奇也是價值衝突。其後，約翰受不了新世界的美麗，為了自由而抗爭。迅速被捕，最終決定隱居郊野。可惜，文明的城市人還是不放過約翰，持續地騷擾他，把他視作動物園的奇觀。最後約翰自殺了。

《美麗新世界》取名於莎士比亞傳奇劇《暴風雨》的名句，小說中亦反覆出現相似的對白，一再歌頌新世界的美麗。「美麗」、「新世界」，又有誰不想要呢？烏托邦式的許諾，是專制統治者常用的誘餌，來吧！來吧！多麼引人的「文明」、「人人平等」、「經濟發展」和「安居樂業」，咬了上去，卻是鮮血斑斑……

新世界何以美麗？美麗的最高標準「社群、單一、穩定」，無關個人，全部都是講求群體的單一性質。這種單一性質的和諧，由學校教育要做乖學生，到走入社會要做藍領階層工人，我們都不會陌生那種壓迫感，那種受社會環境而限制自我的痛苦。幸好，我們至少都還有些選擇，又或者該說，像現今一樣為選擇的權利而抗爭。

赫胥黎近七十年的一生，寫下許多著作，其中最知名，影響力延續至今的是《美麗新世界》（Brave New World）。《美麗新世界》和喬治．歐威爾的《1984》齊名，公認是世界級反烏托邦小說的經典，其中描述極權政府如何操控人民行為、心靈，就像先知的預言，不公不義之事——在我們身邊發生，彷彿是不斷訴說：我們和那種滅絕人性的地獄，距離已經不遠了。

許多人都說，《美麗新世界》的偉大之處在於科技的設想，特別是赫胥黎創造了一個人類不再是胎生——除了野蠻人——所有文明人都是由各地的「孵化與制約中心」（基因公司）試管培育，但我認為在一切科幻設定背後，《美麗新世界》真正有遠見的，是窺見了政權如何利用科技，在先天、後天的教育過程中洗腦人民。不過，赫胥黎也掌握了人類最可貴的、一切反抗的起點——「思想」。

如果說《1984》令我們目睹了政權專制暴力的可怕，那麼《美麗新世界》，則可令我們更加敏銳地警覺，那些藏在誘餌背後尖銳的利鉤，那些看似美麗實則致命的毒蘋果，那些政府官員冠冕堂皇、大言不慚的謊言，是多麼的可怕、多麼的危險！

不可諱言地，《1984》《美麗新世界》都是反烏托邦主義小說的經典之作，它揭示了專制極權與自由民主的分界，身為現代人的一分子，更是有必要更清楚地認識自己身處的世界。因此，《美麗新世界》非讀不可！

第一章

一幢灰白色的大樓，矮矮的，只有三十四層。門口大書：中央倫敦孵化與條件設置中心，盾式的圖案上是世界國的格言——社群，單一，穩定。

底樓的巨大廳堂面對著北方。雖說窗外已經是盛夏，但室內卻熱得像赤道。薄薄一道森嚴的光耀眼地射進了窗戶，渴望探索出什麼蒼白的、長雞皮疙瘩的穿便衣的非專業人員的形象，卻只找到了實驗室的玻璃器、鍍鎳櫃櫥和閃著淒涼的光的陶瓷。對荒涼的反應還是荒涼。工人穿的大褂是白色的，手上戴的橡膠手套死屍般煞白。光線凍住了，凍死了，成了幽靈。只有在顯微鏡黃色的鏡頭下，才找到了某種豐腴的、有生命的物質。那東西在鏡頭下濃郁得像奶油，躺在實驗桌一排排擦得銀亮的漂亮的試管裡，向遼遠處伸展開去。

「這裡，」主任開了門說，「就是孕育室。」

孵化與條件設置中心主任進屋時三百個孕育員身子都俯在儀器上。有的不聲不氣，全神貫注，幾乎大氣不出；有的則是心不在焉地自語著，哼著，吹著口哨。一群新來的學生低聲下氣地跟在主任身後，有些緊張。他們全都非常年輕，紅撲撲的臉蛋，乳臭未乾。每個人都拿著一個筆記本，那大人物說一句、他們就拼命地記一句——從「大人物那裡」直接受教是一種難得的特權。中央倫敦孵化與條件設置中心主任對親自帶領新生參觀各個部門特別重視。

「這只是給你們一個全局的印象。」他向他們解釋。因為既然需要他們動腦筋工作，就得讓他們了解一些全局，儘管他們如果想成為良好的社會成員過幸福的日子，還是知道得越少越好。具體細節通向品德與幸福，而了解全局只是必不可少的邪惡，這個道理凡是聰明人都是明白的。因為形成社會脊梁的並不是哲學家，而是細木工人和玩集郵的人。

「明天，」主任總對他們微笑，親切而略帶威脅他說，「你們就要安下心來做嚴肅的工作了。你們不會有多少時間了解全局的。而同時……」

而同時，從大人物的嘴直接到筆記本也是一種特權。孩子們發狂地記著筆記。

主任往屋裡走去。他身材修長，略顯瘦削，身板挺直。長長的下巴，相當突出的大門牙，不說話時兩片嘴唇勉強能包住，嘴唇豐滿，曲線好看。他究竟是老還是年輕？是三十歲還是五十歲？或是五十五歲？很難講。不過，在這個安定的年代，佛特紀元六三二年（編按：亨利·佛特創立生產線之年為紀元開始，佛紀元六三二年相當於基督紀元，西元二五三二年），並沒有誰會想到去問一問。

「我從頭開始說，」主任說，積極的學生把他的意思記進了筆記本：從頭說一說。「這些，」他一揮手，「就是孵化器，」他打開一道絕緣門，向學生們展示出一架架編了號的試管。

「這都是本週才供應的卵子，保持在血液的溫度，」他解釋道，「而男性配偶子的溫度，」說時他開了另一道門，「必須保持在三十五度而不是三十七度。十足的血液溫度能夠使配偶子失效。」窩在發熱器裡的公羊是配不出崽的。

他仍然靠在孵化器上，向他們簡要地講述現代的授精過程，鉛筆在本子上匆匆地塗抹著。當然，先從外科手術介紹起——「接受手術是為了社會的利益，同時也可以帶來一筆報酬，相當於六個月的工資。」然後他講到保持剝離卵存活、使之活躍發展的技術，對最佳溫度、最佳鹽度和最佳部調度的考慮；講到用什麼液體存放剝離的成熟卵。然後他把學生領到了工作臺前，向他們實際展示了這種液體是怎樣從試管裡抽取的，是怎樣一滴一滴注入特別加溫的顯微鏡玻片上的；展示了液體中的卵子如有異常如何檢查，卵子如何記數，如何轉入一個有孔的容器裡，那容器是如何浸入一種有精子自由游動的溫暖的肉湯裡的——他強調肉湯裡的精子濃度至少是每立方厘米十萬（同時他領著他們觀看操作），如何在十分鐘後從液體裡取出容器，再次檢驗其中的東西。如果有的卵子還沒有受精，又再浸泡一次，必要時還要再浸泡一次；然後受精卵便回到孵化器裡，留下阿爾法們和貝塔們，直到終於入瓶。而伽馬們、德爾塔們和愛普塞隆們則要到三十六小時之後才重新取出，再進入波坎諾夫斯基程序。

（編按：阿爾法、貝塔、伽馬、德爾塔、愛普塞隆，分別是拉丁字母Alpha, Beta, Gamma, Dalta, Epsilon，依次分別代表社會高低階級，同時各階級還以正、負性質（名稱）來區分，就像

「種性制度」一般的階級意識。波坎諾夫斯基程序是指處理的卵子會增生分裂成胚胎，就是說讓精卵分裂成多份，每一份都擁有遺傳信息，能單獨發育成人。）

「波坎諾夫斯基程序。」主任重複道，學生們馬上在各自的小筆記本裡的這個字的下面畫下了一道橫線。

「一個卵子形成一個胚胎，一個成人，這是常規。但是一個經過波坎諾夫斯基程序處理的卵子會萌蘗、增生、分裂，形成八至九十六個胚芽，每個胚芽可以成長為一個完整的胚胎，每一個胚胎成長為一個完整的成人。以前一個受精卵只能生成一個人，現在能生成九十六個人。這就叫做——進步。

「從根本上講，」主任下結論道，『波坎諾夫斯基化程序』包含了一系列對發展的抑制——我們制止卵子正常發育生長。而出人意外的是，卵子的反應卻是：萌蘗（即萌芽）。」

卵子的反應是萌蘗……鉛筆忙碌著。

他指點著。一條非常緩慢地移動著的傳送帶上有滿滿一架試管正在進入一個巨大的金屬櫃，另一架試管也在逐漸露出，機器發出輕微的嗡嗡聲。他告訴他們：一架試管通過金屬櫃需要八分鐘。八分鐘的X光強力照射大體是一個卵子所能經受的照射量。有些卵子死去了，有些最不敏感的卵子一分為二；而大部分卵子則萌蘗出四個胚芽；有的則萌蘗出八個。它們又全部被送回孵化器，胚芽在其中繼續發育。兩天後又給予突然的冰凍。冰凍，抑制。兩個分為四個，再分為八個。胚芽反而分櫱了；分櫱之後又用酒精使之幾乎死亡；隨之而來的是再分櫱，又再分櫱——胚芽再長胚芽，新胚芽又發展出新胚芽——然後便任其自由生長，此時如再抑制，一般是會造成死亡的。這時原始卵可能已經分裂為八至九十六個胚胎——你們會承認這對大自然是了不起的進步。恆等多生，不是母體分裂時代那種可憐巴巴的雙生或三生；那時卵子分裂是偶然的——現在實際上一個卵子一次能夠生長為四五十個，或八九十個人。

「八九十個人呀。」主任雙手一揮，重複了一句，彷彿在拋撒賞金似的。

可是，有個學生卻傻呵呵地問起那能有什麼好處來。

「我的好孩子！」主任猛然轉身對著他：「這你還看不出來？你連這也看不出來？」他莊嚴地舉起一隻手，「波坎諾夫斯基程序是穩定社會的一種重要手段！」

穩定社會的一種重要手段。

批量生產的標準化男性和女性。一個小工廠的人員全部由一個經過波坎諾夫斯基程序處理的卵子產生。

「九十六個多生子女操作九十六部完全相同的機器！」那聲音由於激動幾乎在顫抖。「你們現在才真正明白了自己的地位，有史以來的第一次。」

他引用了全球的格言：「社群，單一，穩定。」這是了不起的話。「如果我們能夠無窮無盡地波坎諾夫斯基化，一切問題都可以迎刃而解。」

由單一標準的伽馬們，一模一樣的德爾塔們，一成不變的愛普塞隆們解決了，由數以百萬計的恆等多生子解決了。大規模生產的原則終於在生物學裡使用了。

「但遺憾的是，」主任搖搖頭，「我們不能夠無限制地波坎諾夫斯基化。」

「九十六個似乎已經達到了極限，七十二個已是很不錯的中數。要用單一個男性的精子從單一個卵子生產出盡可能多批量的恆等多生子，這已是最佳成績（遺憾的是，只能夠算是次佳成績）而且就連這也很困難。

「因為在自然狀態下，要讓兩百個卵子成熟需要三十年之久。但我們現在的任務是穩定人口，穩定在此時此地的水準。花四分之一個世紀去生產少數幾個多生子——那能有什麼用處？」顯然毫無用處。但是波滋納普技術卻大大加速了成熟的過程。他們有把握在兩年之內至少生產出二百五十個成熟的卵子。然後讓它們受精，再波坎諾夫斯基化——換句話說，乘以七十二，於是你得到差不多一萬一千個兄弟姐妹，一百五十批恆等多生子女，全都在兩年之內出生，年齡一樣大。

「在特殊的例外情況下，我們可以用一個卵子培養出一萬五千個成年人。」

主任向一個淺色頭髮的壯健青年招了招手——那人正好路過。「福斯特先生。」他叫道。那壯健的青年走了過來。「你能夠告訴我們一個卵子的最高記錄是多少麼？」

「在本中心是一萬六千零一十二個。」福斯特先生毫不猶豫地回答。他長著一對快活的藍眼睛，說話迅速，顯然很以引述數字為樂。「一萬六千零一十二個，共是一百八十九批恆等多生子。但是在赤道的有些孵化中心」他滔滔不絕地說了下去，「成績還要好得多。新加坡的產量常常超過一萬六千五百個；而蒙巴薩實際上已達到一萬七千的指標。但是他們的條件優越。你要是能看看黑人卵子對新液的反應就好了！你若是習慣於使用歐洲材料的話，黑人卵子的反應會叫你大吃一驚的。不過，」他笑了笑，又說（但眼裡卻有戰鬥的光彩，翹起的下巴也帶有挑戰意味），「不過，只要有可能我們還是想超過他們。目前我正在培養一個驚人的正德爾塔卵子，只有十八個月時間，卻已經有一千二百七十個孩子，有的已經換瓶，有的還處於胚胎狀態，可仍然健壯。我們還有可能超過蒙巴薩（編按：位於肯亞的城市）。」

「我喜歡的就是這種精神。」主任拍了拍福斯特先生的肩膀，叫道，「跟我們一塊走走吧，讓孩子們有幸獲得你的專門知識。」

福斯特先生客氣地笑了笑。「樂意效勞。」便一起走了。

裝瓶室一片繁忙，卻節奏和諧，井井有條。切成適當大小的新鮮母豬腹膜片從大樓次底層的器官庫裡由小電梯裡送出來，吱的一聲，然後是咔噠！電梯孵化器打開；裝瓶線上的人只須伸出一隻手，抓住腹膜片，塞進瓶裡，按平，已經裝好的瓶子還沒有沿著運輸線走開，吱，咔噠！又一塊腹膜片已經從下而冒了出來，只等著被塞進另一個瓶子——那緩慢的傳送帶上的無窮的行列裡的下一個瓶子。

生產線工人旁邊是收納員。流水線繼續前進；卵子一個個從試管轉入更大的容器；腹膜內膜被巧妙地剖開，甚狀細胞準確落了進去，礆鹽溶液注入……此時瓶子已經離去。下面是標籤員的工作。遺傳狀況、授精日期、波坎諾夫斯基組別——全部細節都從試管轉到瓶子上。這回不再是沒有名字的了，署上了名，標明了身分。流水線緩緩前進，通過牆壁上一個入口進入了社會條件預定室。

「索引卡片總共有八十八立方公尺之多啊！」大家步入「社會條件預定室」時，福斯特先生得意地說。

「包括了全部的有關資料。」主任補充道。

「而且每天早上更新。」

「每天下午調整。」

「他們在資料的基礎上做出設計。」

「某種品質的個體是多少。」福斯特先生說。

「按這一種、那一種數量分配。」

「在任何特定時到投入最佳的分量。」

「有了意外的消耗立即會得到補充。」

「立即補充，」福斯特先生重複道，「你要是知道上一次日本地震之後，我加班加點所做的工作就好了！」他搖著頭，溫文爾雅地笑了笑。
「命運預定員把他們設計的數字給胎孕員。」
「胎孕員把需要的胚胎給他們。」
「瓶子送到這兒來敲定命運設置的細節。」
「然後再送到胚胎庫房去。」
「我們現在就是到胚胎庫房去。」
福斯特先生開了一道門，領著大家走下臺階，進入了地下室。溫度仍熱得像赤道。他們進入的地方越來越暗。那條通道經過了兩道門，拐了兩個彎，用以確保日光不透進地窖。
「胚胎很像攝影膠捲，」福斯特先生推開第二道門時開玩笑似地說，「只能承受紅光。」
學生們跟他進去的地方又暗又熱，實際上可以看見的東西都呈紅色，像夏天午後閉上眼時眼裡那種暗紅。通道兩側的大肚瓶一排接著一排，一層高於一層，閃著數不清的紅寶石般的光。紅寶石之間行走著幽靈樣的男男女女，形象模糊，眼睛通紅，帶著紅斑狼瘡的一切病徵。機器的嗡嗡聲和咔嗒聲微微地震動著空氣。
「告訴他們一些數字吧。」主任不想多說話。
福斯特先生巴不得告訴他們一些數字。

二百二十公尺長，二百公尺寬，十公尺高，他指了指頭頂上。學生們抬起眼睛望望高處的天花板，一個個像喝著水的小雞。

架子有三層：地面長廊，一階長廊，二階長廊。

一層層蜘蛛網樣的鋼架長廊從各個方面往黑暗裡模糊了去。他們身邊有三個紅色幽靈正忙著從傳送梯上取下小頸大肚瓶。

從社會命運預定室來的電梯。

每一個瓶子都可以往十五個架子中的任何一個上面擱。雖然看不見，每個架子卻都是一條傳送帶，以每小時三十三點三厘米的速度運動著。每天八公尺，二百六十七天。總共兩千一百三十六公尺。地下室的巡迴線有一條在地面高度，有一條在一階長廊高度，還有半條在二階長廊高度。第二百六十七天早上日光照進換瓶室。所謂的「獨立生命」便出現了。

「但是在這個階段，」福斯特先生總結道，「我們已經在它們身上下了很多功夫。啊，非常多的功夫。」他帶著洞察一切的神態和勝利的情緒笑了。

「我喜歡的就是這種精神。」主任再次說道，「大家一起走一圈，你來把所有的東西都向他們介紹一下吧，福斯特先生。」

福斯特先生照辦。

他向他們介紹了在腹膜苗床上生長的胚胎，讓他們嘗了嘗給胚胎吃的濃釅的代血劑，解釋了必須使用胎盤製劑和甲狀腺製劑刺激它的理由；介紹了妊娠素精；讓他們看了從零至二千零四十公尺之間每隔十二公尺就自動噴射一次妊娠素精的噴射口；介紹了在最後的九十六公尺過程裡分量逐漸增加的黏液。描述了在一百一十二公尺處安裝進每個瓶裡的母體循環；讓他們看了代血劑池；看了驅使液體在胎盤製劑上流動並驅動其流過合成肺和廢物過濾器的離心泵。向他們談了很麻煩的胚胎貧血傾向；談了大劑量的豬胃提取素和胚胎馬的肝——人的胚胎需要用馬胚胎肝營養。

他也讓他們看了一種簡單的機械，每一個胚胎每運行八公尺到最後兩公尺時，那機械便對它進行搖晃，使之習慣於運動。他提示了所謂的「傾注傷害」的嚴重性，闡述了種種預防措施，用以對瓶裡的胚胎進行適當的訓練，把那危險的震動減少到最低限度。向他們介紹了在二百公尺左右進行的性別測試。解釋了標籤體系。T表示男性，0表示女性，而命定了要做不孕女的則是白底上的一個黑色問號。

「當然，因為，」福斯特先生說，「對絕大部分情況而言，多產只是一種多餘。一千二百個卵子裡只須有一個多產就已能滿足我們的要求。不過我們想精挑細選。當然還得有很大的保險係數。因此，我們任其發育的女性胚胎多到總數的百分之三十，剩下的便在以後的過程裡每隔二十四公尺給予一劑男性荷爾蒙。其結果是：到換瓶時它們已經成了不孕女——生理結構完全正常（『只是』，他不得不承認，『她們確實有一種很輕微的長鬍子的傾向』），但是不能生育。保證不能生育。這就使我們終於，」福斯特先生繼續說，「走出對大自然的奴隸式模仿的王國，進入人類發明的世界，那就要有趣得多了。」

他搓搓手。當然，他們並沒有以孵化出胚胎為滿足：孵化胚胎是無論哪條母牛都能幹的事。

「我們也預定人的命運，設置人的條件。我們把嬰兒換瓶為社會化的人，叫做阿爾法或愛普塞隆，以後讓他們掏陰溝或是……」他原打算說「主宰世界」，卻改了口道：「做孵化中心的主任。」

孵化中心主任笑了笑，接受了讚美。

他們正從三百二十公尺處的十一號架前經過。一個年輕的負貝塔技術員正忙著用螺絲刀和扳手處理路過的血泵——那是用以泵出瓶裡的代血劑的。他擰緊了螺絲，馬達的嗡嗡聲極輕微地加大了。往下，往下……擰了最後一下，他看了一下旋轉櫃臺，任務完成。他沿著流水線前進了兩步，在下一個血泵前重複起了同樣的程序。

「每分鐘旋轉數一減少，」福斯特先生解釋道，「代血劑的循環就減慢了，流經肺部的時間也隨之延長，這樣，輸送給胚胎的氧氣就減少了。要降低胚胎規格沒有比減少氧氣更好的辦法了。」他又搓了搓手。

「可你為什麼要降低胚胎規格？」一個聰明的學生問道。

「傻孩子！」長時間的沉默，最後，主任才說，「你就沒有想到愛普塞隆胚胎必須有愛普塞隆環境和愛普塞隆遺傳嗎？」

那學生顯然沒有想到過，感到惶惑。

「種姓越低，」福斯特先生說，「供氧越少。最早受到影響的是頭腦，然後是骨骼。供氧量只達正常量百分之七十就形成侏儒。低於百分之七十就成了沒有眼睛的怪胎。」

「那就完全是廢品了。」福斯特先生總結說。

而同時，他們要是能找到一種縮短成熟期的技術，對社會又是多麼大的貢獻呀！（他說話時帶著機密的口氣，而且迫切。）

「就以馬來說吧。」

他們設想了一下。

馬六年成熟；大象十年成熟；而人到十三歲性還沒有成熟，等到充分成熟已經二十歲了。當然，發育遲緩的結果是智力發育也遲緩。

「但我們在愛普塞隆們身上，」福斯特先生非常公正地說，「並不需要人類的智慧。」

「本來就不需要，而且也得不到。但是愛普塞隆們到十歲時心智就已成熟，而身體呢，不到十八歲卻成熟不了。讓非成熟期占去許多年是不必要的，也是浪費。如果體力的發展能夠加速，比如能夠跟母牛一樣快，那對社會會是多大的節約呀！」

「了不起的節約！」學生們喃喃地說。福斯特先生的熱情帶有傳染性。

他相當專門化地談起了使人生長遲緩的內分泌失調問題，並提出萌芽期突變作為解釋。那麼，這種突變的影響能不能消除？能不能採用一種適當的技術使個別的愛普塞隆胚胎回歸到狗和牛一樣的常規去？問題就在這裡，而這個問題已經差不多解決了。

蒙巴薩的比金頓已經培育出四歲就性成熟，六歲半就充分成長的個體。那是科學的勝利，可在社會上卻還沒有用處。六歲的男人和女人太愚蠢，連愛普塞隆的工作都幹不了。而這卻是個「一攬子（不加區別或不作選擇）」程序，要就是不變，要就是全變。他們打算在二十歲的成人和六歲的成人之間尋求理想的折中，到目前為止還沒有取得成功。

福斯特先生嘆了口氣，搖了搖頭。

他們在猩紅的光線裡轉悠著，來到了九號架的一百七十公尺附近。從這兒往下九號架就封閉了。瓶子在一個隧道樣的東西裡結束了行程。隧道裡每隔一定距離就有一個口子，兩三公尺寬。

「是調節溫度的。」福斯特先生說。

熱隧道與冷隧道交替出現。以強X射線的形式出現的冷凍跟不舒服結合在一起，胚胎換瓶時經歷了可怕的冷凍。這批胚胎是預定要移民到赤道地區去做礦工、人造絲繅絲工和鋼鐵工人的。以後還要給他們的身體配合心靈判斷力。「我們設置條件讓他們能在炎熱氣候裡興旺成功，」福斯特先生下了結論，「我們樓上的同事會培養他們喜愛炎熱。」

「而幸福與德行的訣竅，」主任像說格言一樣道，「是愛好你非幹不可的事。一切條件設置的目標都是：讓人們喜歡他們無法逃避的社會命運。」

在兩條隧道交合點的一個空處，一個護士正用細長的針管小心探索著走過的瓶中的膠狀物質。學生們和嚮導默默地看了一會兒。

「蕾妮娜。」護士抽回針管，站直身子後，福斯特先生說。

那女孩吃了一驚轉過身來。人們可以看出，儘管光線令她紅得像害了紅斑狼瘡，眼睛也通紅，卻美麗非凡。

「亨利。」她向他閃來一個紅色的微笑——一排珊瑚樣的牙齒。

「美妙，美妙……」主任喃喃地說，輕輕地拍了她兩三下，從她那兒得到了一個畢恭畢敬的微笑。

「你在給他們加什麼？」福斯特先生問道，有意讓聲音帶公事公辦的調子。

「啊，平常的傷寒和昏睡症疫苗。」

「赤道工人到一百五十公尺處就注射預防疫苗。」福斯特先生對學生們說。「這時胚胎還長著鰓。我們讓『魚』免疫，以後就不會傳染人類的疾病。」他轉向蕾妮娜，「今天下午四點五十分在屋頂上，」他說，「照老樣子。」

「美妙。」主任又說了一句，又最後拍了她一下，跟別人一起走掉了。

第十道架上一排排下一代的化學工人正在承受著鉛毒、腐蝕性蘇打、瀝青和氯氣傷害的鍛煉。第三排架上是胚胎期的火箭飛機機械師，每批二百五十個，其中的頭一個正從三號架的一千一百公尺點通過。一種特別的機械使它們的容器旋轉個不停。「這是為了提高它們的平衡能力，」福斯特先生解釋道，「火箭進入太空之後，要到火箭外進行修理是很困難的活兒。他們直立時我們便減緩轉速，讓他們感到很饑餓；他們倒立時我們就加倍供應代血劑。這樣，他們就把舒適跟倒立狀態聯繫了起來。實際上他們只有倒立時才真正感到快活。」「現在，」福斯特先生說下去，「我要讓你們看看對正阿爾法型知識份子的性格預定，那是很有趣的。在五號架上我們有一大批正阿爾法，在第一道長廊，」他對已經開始往一樓下去的兩個小伙子叫道。

「他們大體在九百公尺附近，」他解釋道，「在胚胎的尾巴消失以前實際上是無法設置智力條件的。跟我來。」

但是主任已經在看他的錶了。「差十分鐘到三點，」他說，「我擔心的是沒有時間看知識分子胚胎了。我們必須在孩子們午睡醒來之前趕回育嬰室去。」

福斯特先生感到失望。「至少看看換瓶車間吧。」他請求。

「那也行，」主任寬厚地笑了笑，「那就看看吧。」

第二章

福斯特先生被留在了傾注瓶車間。主任和學生們踏上了附近的電梯，上了五樓。

育嬰室。新巴甫洛夫條件設定室——門牌上寫著。

主任打開一道門，他們來到一個巨大的空房間裡。陽光照耀得異常明亮，因為南牆整個是一扇窗戶。六個護士全穿著白色制服：黏膠纖維短上衣和長褲；為了防止污染，把頭髮壓在帽子下面。她們正忙著把一排玫瑰花在地板上擺列開來。盆子很大，開著密密的花朵，千萬片花瓣盛開，光致得像絲綢，有如無數張小天使的臉，但在明亮的光照之下的並不全是雅利安型和粉紅色的臉，其間還有常見的中國人的臉、墨西哥人的臉。有的大約因為吹奏天國的號角太多而中風般地歪扭了，蒼白得像死亡，像大理石。

主任一到，護士們就立正，挺直了身子。「把書擺出來。」他簡短地說。

護士們一聲不響，服從了命令，把書在花缽的行列之間排開——一大排幼兒園用的四開本大書翻了開來，露出了一些色彩鮮艷的鳥兒、野獸和魚的形象，美麗動人。

「現在把孩子們帶進來。」

護士們急忙出了屋子，一兩分鐘之後每人推來了一輛車，車上的四個鋼絲網架上各睡著一個八個月的嬰兒，全都一模一樣（顯然是單一批波坎諾夫斯基產品），因為是同屬德爾塔階級，所以一律穿咔嘰制服。

「把他們放到地板上。」嬰兒們被放了下來。

「現在讓他們轉過身來看見花朵和書籍。」

嬰兒們一轉過身就不出聲了，都向一叢叢花花綠綠的顏色和白色的書頁上鮮艷耀眼的形象爬去。他們靠近時，太陽從暫時的雲翳後面照射了出來；玫瑰花彷彿由於內在的突然激情變得燦爛了。明亮的書頁上彷彿瀰漫了一種深沉的新意。爬著的嬰兒隊伍裡發出了激動的尖叫，歡樂的笑聲和咕咕聲。主任搓著手。「好極了！」他說，「簡直像有意表演似的。」

爬得最快的已經快到目標了。小手搖搖晃晃伸了出來，摸著，抓著，玫瑰花變了形，花瓣扯掉了，書本上有插圖的書頁揉皺了。主任等待著，趁他們全都快活地忙碌著的時候，「好好地看著吧。」他說，同時舉起手發出了信號。

站在屋子那頭儀錶盤邊的護士長按下了一根小小的杠杆。

一聲猛烈的爆炸，汽笛拉了起來，聲音越來越刺耳，警鈴也瘋狂地響著。

孩子們震驚了，尖叫了；臉兒因為恐怖而扭曲了。

「現在——」主任因為噪聲震耳欲聾高叫道，「現在我們用柔和的電臺來鞏固一下這次的教訓。」他再揮了揮手，護士長按下第二根杠杆。嬰兒們的尖叫突然變了調子，發出的抽搐叫喊中有一種絕望的、幾乎是瘋狂的調子。一個個小身子抽搐著，僵直著；四肢抖動著，好像有看不見的線在扯動他們。「還可以讓那片地板整個通電，」主任大聲解釋，「不過，這就已經夠了，」他向護士做了個手勢。

爆炸停止，鈴聲停止，警報一聲聲低去，終於靜止。僵直的、抽搐的身子放鬆了，嬰兒的已經微弱的瘋狂啜泣和驚叫再次加大，變成平時受到驚嚇時的一般哭嚎。

「再給他們花和書。」

護士們照辦了。但是玫瑰花、色彩鮮艷的小貓、小雞和咩咩叫的黑羊剛一靠近，嬰兒們就嚇得閃躲。哭喊聲突然響亮了起來。

「注意，」主任勝利地說，「注意。」

在嬰兒們心裡花朵跟巨大的噪聲的匹配，花朵跟電擊的匹配已經熔融、結合到了一起。像這樣的或類似的課程接連進行兩百次之後，兩者之間就建立了無法分離的關係。這種人造的聯繫不是自然所能夠拆散的。

「他們會帶著。心理學家稱之為『本能』的對書本和鮮花的厭惡長大成人。反射的條件無可逆轉地形成了。他們一輩子都不會有愛書籍和愛植物的危險了。」主任轉身對護士們說，「把孩子們帶走。」穿咔嘰衣服的啼啼哭哭的嬰兒被塞回車上推走了，在身後留下一些發酸的奶味和非常受歡迎的寂靜。

一個學生舉起了手：不能讓低種姓的人在書本上去浪費社會的時間，而且讀書總有可能讀到什麼東西，有破壞他們的某個條件設置的危險，那是不可取的。這些他都很想得通；但……唔，但對花他卻想不通，為什麼要費力氣去讓德爾塔們從心理上厭惡花呢？

孵化及條件設置中心主任耐心地做了解釋。培養孩子們見了玫瑰花就尖叫是為了高度節約。不能算很久以前（大約才過去一個世紀），伽瑪們、德爾塔們甚至愛普塞隆們都有喜歡花朵的條件設置——一般地說是喜歡野外的自然，特殊地說是喜歡花朵。其目的是讓他們一有機會就產生到田野裡去的要求，逼得他們多花交通費。

「他們花交通費了嗎？」學生問。

「花了很多，」主任回答，「但是別的費用卻不必花了。」

主任指出，櫻草花和風景都有一個嚴重的缺點：它們是免費的。愛好大自然能使工廠工作懈怠。於是決定取消了對大自然的愛——至少取消了低種姓的人對大自然的愛；卻並不取消花交通費的傾向。因為他們仍須到農村去，即使憎恨也得去，那是根本的。問題是能在經濟上為交通消費找出更站得住腳的理由，而不是喜歡櫻草花和風景什麼的。恰當的理由後來找到了。

「我們設置了條件，讓人群不喜歡鄉村，」主任的結論是，「卻又設置了條件讓他們喜歡田野裡的一切運動。而我們同時又注意讓田野裡的運動消耗精美的器材；讓他們既消費工業品也花交通費。因此我們才給嬰兒電擊。」

「明白了。」學生說完便住了嘴，佩服得五體投地。

沉默。主任清了清嗓子，「從前，」他開始說，「在我主佛特還在世的時候，有一個小孩，叫做魯本・拉賓挪維奇，父母說波蘭語，」主任岔開了一句，「你們是知道什麼叫波蘭語的吧，我看？」

「是一種死亡的語言。」

「像法語和德語一樣。」另一個學生插嘴補充，炫耀著學識。

「還有『父母』，你們知道吧？」主任問。

短暫的不好意思的沉默，幾個孩子臉紅了。他們還沒有學會區別粗俗科學與純粹科學之間的重大的卻也微妙的差異。但畢竟有一個學生鼓起勇氣舉起了手。

「人類以前就是……」他猶豫了，血往面頰上湧，「胎生的。」

「很對。」主任贊許地點點頭。

「那時在嬰兒傾注的時候……」

「『出生』的時候。」他受到糾正。

「唔……他們是父母生出來的——我的意思是，不是現在的嬰兒，當然，而是那時的。」可憐的孩子語無倫次了。

「簡而言之，」主任總結道，「那時生孩子的就是爸爸和媽媽。」這話實際上是把真正科學的污物猛然向孩子們羞得不敢抬頭的沉默砸過去。「媽媽，」他往椅子後面一靠，大聲重複著，把科學硬揉進他們的腦子，「這些都是不愉快的事實，我明白。不過大部分的歷史事實都是不愉快的。」

主任回頭又說起了小魯本——小魯本。有天晚上小魯本的爸爸（一砸！）和媽媽（二砸！）不小心忘了關掉小魯本房裡的收音機。（因為，你必須記住，在那野蠻的胎生繁殖時代，孩子們都是在爸爸（又砸！）和媽媽（再砸！）身邊長大，而不是在國家的條件設置中心長大的。）

在那孩子睡著的時候，倫敦的廣播節目突然開始了。第二天早上令他的砸和砸（較為膽大的孩子竟偷偷彼此望著傻笑起來）大為吃驚的是，小魯本醒過來時竟能一字不差地背誦一個奇怪的老作家的長篇說教。那是少數幾個被允許把作品留給我們的老作家之一，名叫喬治・蕭伯納。他正按照一種經過考證確實存在過的傳統講述著自己的天才。那些話當然是完全聽不懂的，小魯本背誦時者擠眉弄眼，格格地笑著。他們以為孩子發了瘋，急忙請來了醫生。幸好醫生懂得英語，聽出了那就是蕭伯納頭天晚上廣播的那段話。醫生明白此事的意義，便寫信給醫學刊物報告了。

「於是，發現了睡眠教育法，或稱『眠教』的原則。」主任故意停頓了一下，引人注意。原則倒是發現了，但把它運用於有利的實踐卻是許多許多年以後的事。

「小魯本的病例早在我主佛特的T型車推上市場以後不過二十三年就發生了，」（說到這裡主任在肚子上畫了個T字。所有的學生也虔誠地照畫。）可是……」

學生們拚命地記著。「睡眠教育，佛特二二四年正式使用。為什麼不在以前使用？理由有二……」

「這些早期的實驗者，」主任說道，「走錯了路，把睡眠教育當做了智力培養的手段……」

（他身邊一個打盹的小孩伸出了右臂，右手在床邊無力地垂下了。有聲音從一個匣子上的圓格柵裡輕輕發出。）

「尼羅河是非洲最長的河，是地球上第二條最長的河。雖然長度不如密西西比——密蘇里河，它的流域長度卻居世界首位，流經的緯度達三十五度之多……」

第二天早餐時，「湯姆，」有人說，「你知道非洲最長的河是什麼河嗎？」對方搖了搖頭。

「可是你記得從『尼羅河是……』開頭的那句話嗎？」

「尼羅河是非洲最長的河，是地球上第二條最長的河……」話語不覺衝口而出。「雖然長度不如……」

「那麼現在回答我，非洲最長的河是什麼河？」

目光呆鈍，「我不知道。」

「可是尼羅河，湯米。」

「尼羅河是非洲最長的河，是地球上第一，二條……」

「那麼，哪一條河是最長的呢，湯米？」

湯米急得流眼淚了。「我不知道。」他哭了出來。

主任指明，是他那哭喊使最早的調查人員洩了氣，放棄了實驗的。以後便再也沒有做過利用睡眠時間對兒童進行尼羅河長度的教育了。這樣做很對。不明白科學的意義是掌握不了科學的。

「可是，如果他們進行了道德教育，那就不同了，」主任說著領著路向門口走去。學生們一邊往電梯走一邊拼命地寫著：「在任何情況下道德教育都是不能夠訴諸理智的。」

「肅靜，肅靜，」他們踏出十四層樓的電梯時，一個擴音器低聲說著，「肅靜，肅靜。」他們每走下一道長廊，都聽見喇叭口不疲倦地發出這樣的聲音。學生們，甚至主任，都不自覺地踮起了腳尖。他們當然都是阿爾法，但就是阿爾法也都是受到充分的條件設置的。「肅靜，肅靜，」這斷然的命令讓十四樓的空氣裡充滿了肅、肅、肅的嘶沙音。

他們躡著腳走了五十碼，來到一道門前，主任小心翼翼地開了門。他們跨過門檻，進入了一片昏暗，那是個宿舍，百葉窗全關閉了。靠牆擺了一排小床，一共八十張。一片輕柔的有規則的呼吸聲和連續不斷的喃喃聲傳來，彷彿是遼遠處微弱的細語。

他們一進屋子，一個護士就站了起來，來到主任面前立正。

「今天下午上什麼課？」他問。

「開頭的四十分鐘上《性學教育》」她回答，「現在已經轉入《階級意識教育》。」

主任沿著那一長排小床慢慢走去。八十個男女兒童舒坦地躺著，輕柔地呼吸著，面孔紅紅的，平靜安詳。每個枕頭下都有輕柔的聲音傳來。主任停了腳步，在一張小床前彎下身子傾聽。

「你說的是《階級意識教育》嗎？我們把聲音放大點試試看。」

屋子盡頭有一個擴音器伸出在牆上。主任走到它面前摁了摁按鈕。

「……都穿綠色，」一個柔和清晰的聲音從句子中途開始，「而德爾塔兒童則穿咔嘰。愛普塞隆穿得更差一些。愛普塞隆們太笨，學不會讀書寫字；他們穿黑色，那是很粗陋的顏色。我非常高興我是個貝塔。」

停頓了片刻，那聲音又開始了。

「阿爾法兒童穿灰色。他們的工作要比我們辛苦得多，因為他們聰明得嚇人。我因為自己是貝塔而非常高興，因為我用不著做那麼辛苦的工作。何況我們也比伽瑪們和德爾塔們要好得多。伽瑪們都很愚蠢，他們全都穿綠衣服，德爾塔們穿咔嘰衣服。啊，不，我不願意跟德爾塔孩子們玩。愛普塞隆就更糟糕了，太笨，他們學不會……」

主任摁回了按鈕，聲音沒有了。只有它的細弱的幽靈還在八十個枕頭底下繼續絮叨。

「它醒來之前這些話還要為他們重複四十到五十遍；星期四，星期六還要重複。三十個月，每週三次，每次一百二十遍。然後接受高一級的課程。」

玫瑰花和電擊，德爾塔們穿咔嘰，還加上薰衣草的香味——在孩子們能夠說話之前這些東西便不可分割地融合成了一體。但是不使用話語的條件設置是很粗陋的、籠統的；無法把精微的區別和複雜的行為灌輸到家。那必須有話語，而且必須是不講理由的。簡而言之就是：睡眠教育。

「這是有史以來最偉大的道德教育和社會化教育的力量。」

學生們把這些全寫進了小本子，是大人物口授的。

主任再度摁響了喇叭。

「聰明得嚇人。我為自己是貝塔而非常高興，因為，因為……」

「這不太像水滴，雖然水的確能夠滴穿最堅硬的花崗岩；要說嘛，倒是像滴滴的封蠟，一滴一滴落下，黏住，結殼，跟滴落的地方結合在一起，最後把岩石變成了個紅疙瘩。

「結果是：孩子們心裡只有這些暗示，而這些暗示就成了孩子們的心靈。還不僅是孩子們的心靈，也還是成年後的心靈——終身的心靈，那產生判斷和欲望並做出決定的心靈都是由這些暗示構成的。可是這一切暗示都是我們的暗示！」主任幾乎因為勝利而高叫了起來。

「而由國家執行的。」他捶了捶最靠近他的桌子。「因此，隨之而來的就是……」

一陣噪聲使他回過頭去。

「啊，佛特！」他換了個調子說道，「我只顧說話了，把孩子們都吵醒了。」

第三章

外面的花園裡已到了遊戲的時候。六七百個男孩和女孩在六月的暑熱裡全脫光了衣服，尖叫著在草地上奔跑、玩球，或是三三兩兩一聲不響蹲在開花的灌木叢裡。玫瑰開得正艷，兩隻夜鶯各自在密林裡呢喃，一隻杜鵑在菩提樹梢開始唱得走了調。蜜蜂和直升飛機的嗡嗡聲使空氣裡充滿了睡意。

主任和學生們停下腳步看了一會兒「汪汪狗離心球」遊戲。二十個孩子圍著一座克羅米鋼塔。一個球扔到塔頂的平臺上，滾進塔裡，落在一個飛速旋轉的圓盤裡，再從圓筒狀的盒子邊的洞裡甩出來，孩子們搶著去接。

「多麼奇怪，」主任在他們轉身走掉時思考著，「在我主佛特的年代裡，大部分的遊戲設備還只有一兩個球，幾根棍子，也許加上一張網子，真是奇怪。想想看，竟然會蠢到允許大家玩各種精心設計的遊戲，卻並不促進他們消費的程度。這簡直是發瘋。現在管理人員除非能證明一種遊戲需用的設備跟現有的遊戲一樣複雜精巧，否則他們是不會同意的。」他自己打斷了自己。

「那兩個小傢伙多迷人。」他說時指了指。

在兩叢高大的地中海石楠間的一小片草地上，兩個孩子（一個男孩大約七歲，一個女孩可能大他一歲）正聚精會神玩著初級的性遊戲，像科學家要發現什麼奧秘似的。

「美妙，美妙，」主任動情地叫道。

「美妙。」孩子們禮貌地表示同意，那笑卻很有點不屑。他們是前不久才放棄這種類似的孩子氣的作樂的，看起這兩個小傢伙來不能不帶幾分輕蔑。有什麼好迷人的？兩個娃娃胡鬧而已，小娃娃罷了。

「我一向以為……」主任正要以同樣的頗為傷感的調子說下去——一陣哇哇大哭打斷了他。從附近的灌木叢裡出現了一個護士，手裡挽著個小男孩，那孩子一邊走一邊嚎。一個滿面焦急的小女孩踉踉蹌蹌跟在護士身後。

「怎麼回事？」主任問。

那護士聳聳肩，「沒什麼大事，」她回答，「這個男孩不大願意參加一般的性遊戲。我以前已經注意過兩三次，今天他又犯了。他剛才就叫喚……」

「說真的，」那神色焦急的小女孩插嘴說，「我並沒有傷害他的意思，也沒有別的意思。」

「你當然沒有傷害他的意思，親愛的，」護士安慰她道，「因此，」她轉身對著主任說下去，「我要帶他到心理總監助理那兒去，看看他是否有什麼不正常。」

「很對，」主任說，「你就帶他進去吧。你留在這兒，小女孩，」護士帶著那仍在嚎叫的男孩走掉了。主任說，「你叫什麼名字？」

「波麗·托洛茨基。」

「名字也挺好嘛，」主任說，「快走吧，看你能不能夠另外找個男孩跟你玩。」

那女孩匆匆地跑掉了，消失在灌木叢裡。

「美妙的小東西！」主任望著她說，然後轉身對學生們講，「我現在要想告訴你們的話，」他說，「聽起來也許有些難以相信，不過，在你們不了解歷史的時候，過去的事大部分聽起來的確叫人難以相信。」

他講出了一些驚人的事實——在我主佛特時代之前很久，甚至那以後好多代，孩子之間的性遊戲都是被看做不正常的（爆發出一陣哈哈大笑）；不但不正常，甚至不道德（不會吧！）；因此曾經受到嚴厲的壓制。

聽他說話的人臉上露出驚訝的、不肯相信的表情。連讓那可憐的小娃娃快活快活都不行嗎？他們簡直不能相信。

「就連少年也不准的，」主任說著，「就連像你們這樣的少年也……」

「不可能！」

「除了一點偷偷摸摸的自戀行為和同性戀之外，絕對什麼都沒有。」

「什麼都沒有？」

「大部分人沒有，直到滿了二十歲。」

「二十歲？」學生們一起大聲叫道，簡直難以置信。

「二十歲，」主任重複道，「我告訴過你們，確實令人難以相信。」

「可後來怎麼樣啦？」學生們問道，「結果呢？」

「結果很可怕。」一個深沉震響的聲音插了進來，叫大家吃了一驚。

他們轉身一看。人群旁邊站了個陌生人——中等個子，黑頭髮，鷹鈎鼻子，豐滿的紅嘴唇，黑眼睛，犀利的目光。「可怕。」那人重複道。

這時主任已經在一條鋼架橡膠凳上坐下來——為了方便，這種長凳在花園裡到處都有。但是一見到那陌生人，卻立即跳了起來，伸出兩手，跑了上去，露出了他的全部大牙，滿臉堆笑。

「總統！多麼意外的幸運！孩子們！這就是總統；就是穆斯塔法·蒙德閣下。」

中心的四千間屋子裡四千座電鐘同時敲了四點。喇叭口發出了並非出自血肉的聲音：

「前白班下班。後白班接班。前白班下班……」

在去更衣室的電梯上，亨利·福斯特和條件設置中心主任助理見了心理局來的伯納·馬克思便相當不客氣地背過臉，避開了那個名聲不好的人。

微弱的嗡嗡聲和機器的輕微滴答仍震盪著胚胎室裡猩紅的空氣。班組交替著，一張張紅斑狼瘡似的面孔被一張張紅斑狼瘡似的面孔代替著；傳送帶永遠帶著未來的男人和女人莊重、永恆地向前運行。

蕾妮娜・克朗輕快地向門邊走去。

穆斯塔法・蒙德閣下！敬著禮的學生們眼睛幾乎要從腦袋裡蹦出去了。穆斯塔法・蒙德！西歐常駐的總統！世界十大總統之一，十個總統之間的那些……而他卻坐下了，就在主任旁邊的長凳上坐下了，他還要待一會，要待，是的，實際上還要跟他們說話……直接從權威那裡聽到，直接從他本人的嘴巴聽到。

兩個棕色皮膚的小孩子從旁邊的矮樹叢裡出來，用驚訝的大眼睛望了望他們，之後又回到他們樹葉叢中快活去了。

「你們全都記得，」總統用渾厚低沉的聲音說，「你們全都記得，我估計，我們的佛特那句出自靈感的美麗的話：歷史全是廢話。歷史，」他慢吞吞地重複道，「全是廢話。」

他揮了揮手；彷彿是用一柄看不見的羽毛彈子撣掉了一些微塵。那微塵就是哈喇帕，就是迪爾底亞的烏爾，一點蜘蛛網；就是底比斯和巴比倫；諾索斯和邁錫尼。唰。唰——俄底修斯到哪兒去了？約伯到哪兒去了？本庇特、釋迦牟尼和耶穌到哪兒去了？唰——叫做雅典、羅馬、耶路撒冷、和中央王國的古代微塵全都消失了。原來叫做義大利的地方空了。唰，大教堂；唰，唰，李爾王、巴斯噶的思想。唰，激情；唰，安魂曲，唰，交響曲；唰……

「今天晚上要去看感官電影嗎，亨利？」命運預定局局長助理問道。「我聽說阿罕布拉的那部新電影是第一流的；有一場熊皮毯上的愛情戲，據說非常精彩。熊身上的每一根毛都清清楚楚。最驚人的觸覺效應。」

「因此，就不給你們上歷史課。」總統說。

「不過，現在時間已經到了……」主任緊張地望著他。有一些離奇的謠言，說是總統書齋的一個保險箱裡藏著一些被禁止的古書。《聖經》，詩歌——究竟是什麼，佛特才知道！

穆斯塔法．蒙德紅紅的嘴唇譏諷地一癟，迎著他著急的目光。

「沒有問題，主任，」總統口氣略帶嘲諷，「我不會把他們敗壞了的。」

主任惶恐了，不知如何是好。

覺得自己被人藐視的人就該擺出藐視人的樣子。伯納．馬克思臉上的笑帶著輕蔑。熊身上的每一根毛都清清楚楚，的確。

「我要去看看，把它當回事來做。」亨利．福斯特說。

穆斯塔法．蒙德往前探出身子，對他們晃著一根指頭。「你們要是能設法體驗一下就好了，」他說，那聲音把一種奇怪的震顫送進了聽眾的橫膈膜，「設法體驗一下自己有一個胎生的母親是什麼感覺吧。」

又是那骯髒的字眼。這一回他們卻連做夢也不會想到笑。

「設法想像一下『一家團圓』的意義吧。」

他們努力想像了；但顯然毫無成效。

「你們知道『家』是什麼意思嗎？」

他們都搖頭。

蕾妮娜．克朗從她那陰暗的紅色小屋往上升了十七層樓，從電梯出來後又往右轉，然後沿著長廊走去，打開了一道標有「女更衣室」的門，鑽進了一片震耳欲聾的、滿是亂七八糟的胳臂、胸脯和內衣褲的環境裡。熱水像洪水一樣往一百個浴盆裡嘩嘩地傾注，或是汩汩地流走。八十個真空振盪按摩器正在刷刷地、隆隆地響，同時搓揉著、吮吸著八十個曼妙的女性的曬黑的結實的肉體。每個人都放開了嗓子在講話。組合音箱裡的超級短號獨奏悠揚動聽。

「哈囉，芬妮。」蕾妮娜對佔有她旁邊的掛衣釘和衣箱的年輕婦女說道。

芬妮在換瓶車間工作，她也姓克朗，但是因為行星上二十億居民只有一萬個姓，這種偶合不太令人吃驚。

蕾妮娜拉下了拉鍊——短外衣的拉鍊，雙手拉下連著褲子的兩根拉鍊，再拉下貼身衣褲，就往浴室走去，鞋襪也沒有脫。

家，家——幾個小房間，一個男人、一個隨時受孕的女人和一群不同年齡的娃娃住在一起，擠得透不過氣。沒有空氣，沒有空間，是一個消毒不徹底的牢房；黑暗，疾病，臭氣。

（總統的描述非常生動，有個男孩比別人敏感，聽見那描述不禁蒼白了臉幾乎要嘔吐了。）

蕾妮娜出了浴室，用毛巾擦乾了身子，拿起一根插在牆上的軟管，把管口對準自己胸口，驅動了板機，好像在自殺——一陣熱氣噴出，用最細的爽身粉灑滿了她全身。澡盆上方有八種不同香水（包括古龍香水）的小龍頭。她打開了左邊第三個龍頭，給自己噴上塞浦路斯香水，然後提起鞋襪走了出去，想找一個空著的真空振動按摩器。

而家卻是個不但物質上骯髒，而且心理上也骯髒的地方。物質上是個兔子洞，是糞堆，好多人緊緊擠在一起，摩擦生熱，動著感情，發著臭氣。那親密的關係多叫人窒息！家庭成員之間的關係又是多麼危險，多麼瘋狂，多麼猥褻！母親把她的孩子（哼！她的孩子）瘋狂地摟在身邊……像母貓護著小貓，不過那貓會說話，會一遍又一遍地叫，「我的乖乖，我的乖乖，」叫個不停。「我的寶貝，啊，啊，小手手在我的胸口抓呢，餓了，餓得不好過了！最後，寶貝終於睡著了，嘴邊掛著冒泡的奶水睡著了。我的寶貝睡著了……」

「是的，」穆斯塔法．蒙德點著頭說，「能叫你起雞皮疙瘩！」

「你今天晚上跟誰出去？」蕾妮娜使用完真空按摩器之後，回來問，她像顆從內部照耀著的珍珠，發著粉紅色的光。

「不跟誰出去。」

蕾妮娜眉毛一抬，露出驚訝。

「我最近覺得很不舒服，」芬妮解釋道，「威爾斯醫生讓我吃一點代妊娠素。」

「可你才十九歲。二十一歲以前是不會強迫第一次服用的。」

「我知道，親愛的，可是有的人開始得早些更好。威爾斯醫生告訴過我，像我這樣骨盆較大的棕色頭髮的女人，十七歲就可以服用代妊娠素。因此我不但不是早了兩年，反倒是晚了兩年呢。」她打開了她的櫃櫥，指著上層架上的一排匣子和貼有標籤的瓶子。

「妊娠素精糖漿，」蕾妮娜大聲讀出了藥品的名字。「卵素，保證新鮮，佛特紀元六三二年八月後不宜服用。乳腺精，每日三次，飯前用水沖服。胎盤素，每三日靜脈注射五毫升……噴嘖！」蕾妮娜打了個寒顫。「真討厭靜脈注射！你不討厭嗎？」

「我討厭，但只要對人有好處……」芬妮是個特別懂事的女孩。

我主佛特——或是我主佛洛依德，在他談心理學問題時因為某種神秘的理由總願把自己叫做佛洛依德——我主佛洛依德是第一個揭露出家庭生活有駭人聽聞的危險的人。世界充滿了父親——也就充滿了痛苦；充滿了母親——也就充滿了各式各樣的扭曲和矯情，從淫虐狂到貞操病；世界上充滿了兄弟姐妹，叔伯姑嬸——也就充滿了瘋狂與自殺。

「可是，在沿新幾內亞海岸的某些島子上，在薩摩亞島的野蠻人之間……」

熱帶的陽光像溫暖的蜜糖一樣照耀在牡丹花叢裡淫樂嬉戲的裸體孩子的身上。那兒有二十間棕櫚葉搭成的屋子，其中任何一間都可以做他們的家。在特羅布連人心目中，懷孕是祖先的鬼魂幹的事，誰也沒有聽說過什麼父親。

「兩個極端，」總統說，「終於走到了一起。沒錯，兩個極端天生就是會走到一起的。」

「威爾斯博士說現在給我三個月代妊娠精在未來的三四年裡對我有說不完的好處。」

「是的，我希望他說得對，」蕾妮娜說，「但是，芬妮，你不會真想說你今後三個月都不打算……」

「哦，不，親愛的，只不過一兩個禮拜，如此而已。我以後晚上就打算在俱樂部玩音樂橋牌混時間了。我猜你是想出去，是嗎？」

蕾妮娜點點頭。

「跟誰？」

「跟亨利・福斯特。」

「又是福斯特？」芬妮的頗像滿月的臉上露出一種生硬的、不以為然的痛苦和驚訝的表情。「你的意思是說你至今還在跟亨利來往？」

父親和母親，兄弟和姐妹。可是還有丈夫、妻子、情人，還有一夫一妻制，還有風流韻事。

「不過，你們也許不知道我說的是什麼。」穆斯塔法・蒙德說。

學生們搖搖頭。

家庭、一夫一妻制、風流韻事。一切都有排他性，衝動和精力全閉錮在一道狹小的通道裡。

「但是人人彼此相屬。」他引用睡眠教育的格言做出結論。

學生們點著頭。對於在昏暗之中重複了六萬二千多次，讓他們接受了的這句話著重表示同意。不但同意，而且認為是天經地義，不言自明，不容置疑的。

「可是，畢竟，」蕾妮娜在抗議，「我跟亨利一起才四個月左右。」

「才四個月！這話我可真喜歡，還有，」芬妮伸出一根指責的指頭，「這麼長的時間你就只跟亨利一起，沒有跟別的人，是嗎？」

蕾妮娜漲得滿臉通紅；可是，她的目光和聲調仍然帶著挑戰，「對，沒有跟別的人，」回答幾乎是粗野的，「而我的確不明白為什麼非得跟別人來往不可。」

「哦，她的確不明白為什麼非跟別的人來往不可。」芬妮重複著她的話，彷彿是對蕾妮娜左肩後一個什麼看不見的人說著。然後她突然改變了語調，「可是說正經的，」她說，「我的確認為你得要多加小心。跟一個男人老這樣混下去太不像話了。要是你已經四十歲，哪怕是三十五歲，倒也罷了；可是在你的年齡，蕾妮娜！那絕對不行！而你分明知道主任是反對感情過熱和拖泥帶水的。跟亨利．福斯特一過就是四個月，沒有別的人——哼，主任要是知道了可是會大發雷霆的……」

「想像一下管子裡承受著壓力的水吧，」學生們立即想像起來。「我要是扎它一下子，」總統說，「會噴得多厲害！」

他扎了水管二十下子，二十道小噴泉噴了出來，像撒尿一樣。

「我的寶貝。我的寶貝……」

「媽媽！」胡鬧有傳染性。

「我的愛，我僅有的、唯一的寶貝，寶貴的……」

母親，一夫一妻制，談戀愛。噴泉噴得很高，噴泉撒著野，飄著水沫。衝動只有一條路宣洩。我的寶貝，我的孩子！難怪前現代期的這些可憐人會那麼瘋狂，那麼邪惡，那麼痛苦。他們的世界就不容許他們舒坦、清醒、道德和快活地對待問題。由於有母親，有情人，由於他們沒有被設定要服從一些禁條，由於誘惑和寂寞的悔恨，由於種種疾病和無窮的孤獨所造成的痛苦，由於前途未卜和貧窮，他們不可能不產生強烈的感情。感情既然強烈（何況是孑然一身，處於沒有希望的孤獨裡的感情！），他們怎麼可能穩定呢！

「當然沒有必要放棄他。偶爾跟別人來往一下就行。他也有別的女孩，是嗎？」

蕾妮娜承認了。

「當然會有的。要相信亨利．福斯特是個十足的君子——永遠不會出錯，何況還要考慮到主任。你知道他這個人多麼堅持……」

點點頭。「他今天下午還拍了拍我的屁股呢！」蕾妮娜說。

「對了，你看，」芬妮很得意，「那就表示了他所堅持的東西。最嚴格的傳統。」

「穩定，」總統說，「穩定。沒有社會的穩定就沒有文明。沒有社會的穩定就沒有個人的安定。」他的聲音是一支喇叭。聽見那聲音使他們覺得自己更高大了，更熱忱了。

機器轉動著，轉動著，還要繼續轉動，永遠轉動。機器停止就意味著死亡。十億人在地球表面上亂跑。輪子開始轉動，在一百五十年裡有過二十億人口。若是讓全部輪子停止轉動，一百五十個禮拜之後就會只剩下十億人——那十億人全餓死了。

輪子必須穩定不停地轉動，不能沒有人管。必須有人管——像樞軸上的輪子一樣穩定的人，清醒的人，馴服的人，安於現狀的堅定的人。

哭喊：我的寶貝，我的媽媽，我唯一的，僅有的愛兒；呻吟：我的罪惡，我可怕的上帝；因為痛苦而尖叫；因為發燒而囈語；因為衰老和貧窮而呻吟——這樣的人能夠管理機器嗎？既然他們不能夠管理機器……可是十億人是不好埋葬，也不好燒化的。

「總而言之，」芬妮帶著勸慰的口氣說，「除了亨利再有那麼一兩個男人並不是什麼痛苦或不愉快的事。你既然明白了，就應該放縱一下……」

「穩定，」總統堅持說，「穩定。那是第一的也是最後的需要。因此才有了眼前這一切。」

他揮了揮手，指了指花園、條件設置中心大樓、躲在灌木叢和在草地上奔跑的赤裸孩子。

蕾妮娜搖搖頭。「不知道為什麼，」她沉思著，「我近來對於放縱不大感興趣。有時候人是不願意放縱的，你曾經有過這種感覺嗎，芬妮？」

芬妮點頭表示同情和理解。「可是，你也得做一些努力，」她說話像說格言，「人總得逢場作戲的，大家畢竟都屬於彼此。」

「是的，大家都屬於彼此。」蕾妮娜嘆了口氣，緩慢地重複著，沉默了。然後抓住芬妮的手，輕輕地握了一下。「你說得很對，芬妮。我會跟平時一樣盡力而為的。」

衝動受到阻礙就會橫流放肆，那橫流放肆的是感覺，是激情，甚至是瘋狂：究竟是什麼呢？這得決定於水流的力量和障礙的高度與強度。沒有受到阻礙的水流就沿著既定的渠道和平地流人靜謐的幸福。胚胎餓了，代血劑泵就日夜不停地轉，每分鐘八百次。換了瓶的胎兒哭了，護士立即拿來外分泌瓶。感情就在欲望與滿足的間歇裡隱藏。間歇要縮短，打倒不必要的舊障礙。

「幸運的孩子們！」總統說，「為了減輕你們生活中的感情折磨我們不辭一切辛勞——只要有可能，決不讓你們產生感情衝動。」

「佛特在上，」主任念念有詞，「天下太平。」

「我想不出我怎麼會沒有得到過她，」命運預定局局長助理說，「有機會我肯定會的。」

「蕾妮娜·克朗嗎？」亨利·福斯特拉上褲子拉鍊，回答局長助理說。「哦，她是個非常好的女孩，極有靈氣。可你居然沒有得到過她，我很意外。」

換瓶室走道那邊的伯納·馬克思偷聽到兩人的談話，臉色蒼白了。

「說實話，」蕾妮娜說，「每天都跟亨利一起，再沒有別的東西，我也覺得厭倦。」她拉上了左腳的襪子。「你認得伯納·馬克思嗎？」她說話時口氣過分隨便，顯然是裝出來的。

芬妮露出吃驚的神色。「你不會是說……」

「為什麼不行？伯納是個正阿爾法，而且他約過我和他一起到野蠻人保留地去。那地方我一直就想去看看呢。」

「可是，他那名聲？」

「我為什麼非得要管他的什麼名聲？」

「據說他不喜歡玩障礙高爾夫。」

「據說，據說。」蕾妮娜嘲笑芬妮。

「而且他大部分時間都一個人過——孤獨。」芬妮的口氣帶著害怕。

「唔，可他跟我在一起就不會孤獨了。而且，大家對他為什麼那麼惡劣？我倒覺得他挺可愛的。」她悄悄地笑了。伯納那羞澀的態度多麼荒謬！幾乎是害怕——就好像她是世界總統，而伯納卻是個管理機器的伽瑪減似的。

「想想你們自己的生活吧，」穆斯塔法．蒙德說，「你們有誰遇到過無法克服的障礙？」

回答是沉默，表示否定。

「你們有誰產生了欲望卻無法滿足，只好忍了很久嗎？」

「唔。」一個孩子想說話，卻猶豫了。

「說呀，」主任說，「別讓閣下老等著了。」

「有一次，一個女孩讓我等了四個星期才讓我得到她。」

「結果是，你感到一種很強烈的衝動吧？」

「衝動得厲害！」

「確切地說是衝動得可怕。」總統說，「我們的祖先是非常愚昧、也缺乏眼光的。最早的改革家出面要讓他們擺脫那種可怕的情緒時，他們竟完全拒絕跟他們合作。」

「只把她當個肉體來議論。」伯納咬牙切齒地說，「在這兒幹她，在那兒幹她，好像她只是一塊肉，把她貶低成了一大塊羊肉。她說過她要想一想，這個星期再給我回答。啊，佛特，佛特，我的佛特！」他真恨不得跑上去給他們幾個耳光——狠狠地揍，不斷地揍。

「對，我真要勸你試試她看。」亨利．福斯特還在說。

「事實上，睡眠教育在英格蘭曾經被禁止過。有一種東西叫做自由主義。你們要是知道『議會』就好了，就是那東西通過了一條法律，禁止了睡眠教育。當時的記錄還在。上面有好多次關於臣民自由的發言：不稱職的自由，受苦的自由，不合時宜的自由。」

「可是，我親愛的孩子，你是受歡迎的，我向你保證。你是受歡迎的。」亨利．福斯特拍了拍命運預定局局長助理的肩膀。「畢竟大家都是屬於彼此的。」

這話重複了四年，每週三個晚上，每晚上一百遍。睡眠教育專家伯納．馬克思想道。六萬二千四百次的重複便造就了一個真理。好一對白痴！

「或者拿種姓制度來說。就曾經被不斷提出，不斷遭到否決。有一種東西叫做民主。好像人和人之間除了物理和化學性能平等之外還有什麼別的東西也會平等似的。」

「好了，我所能說的只是：我打算接受伯納的邀請。」

伯納恨這兩個人，但是他們是兩個人，而且個子高大強壯。

「九年戰爭始於佛特一四一年。」

「就算代血劑沖了酒精是事實我也要接受他的邀請。」

「光氣，三氯硝基甲烷，碘乙酸乙酯，二苯代胂氰，三氯甲基，氯甲酸酯，硫代氯乙烷……都用上了，氫氰酸自不待言。」

「就以人工生殖為例。菲茨納和川口早已經解決了全部技術問題，可是那些政府看過一眼沒有？沒有。有一種叫做基督教的東西竟然強迫婦女去懷孕生孩子。」

「他長得太難看！」芬妮說。

「可我倒相當喜歡他的樣子。」

「而且個子太矮小。」芬妮做了個鬼臉；矮小是低種姓的可怕而典型的表現。

「我覺得矮小倒相當可愛，」蕾妮娜說，「叫人想愛撫他，你知道，像愛撫貓一樣。」

芬妮大吃一驚。「他們說他在瓶子裡時有人犯了個錯誤——以為他是個伽瑪，在代血劑裡加了酒精，因此阻礙了他的發育。」

「胡說八道！」蕾妮娜非常氣憤。

「關於他那話，我根本就不信。」蕾妮娜下了結論。

「一萬四千架飛機列隊飛行的轟鳴。但是炭疽菌彈在庫福思騰丹和法國第八郡爆炸的聲音並不比拍破一個紙口袋大。」

「我的確想去參觀參觀蠻族保留地。」

唔，啊，什麼？等於地上的一個巨大的窟窿，一大堆破磚碎瓦，幾片肉和黏膜，一條腿飛到天上叭的一聲掉下來，落到天竺葵叢裡，還穿著靴子——猩紅的天竺葵。那年夏天真是精彩。

「蕾妮娜，你簡直無可救藥，我拿你沒有辦法。」

「俄羅斯使水源感染的技術特別巧妙。」

芬妮和蕾妮娜背對著背，在寂靜中繼續對嘴。

「九年戰爭，經濟大崩潰。只能夠做選擇：或者控制世界或者讓它毀滅。或者穩定……」

「芬妮·克朗也是個可愛的女孩。」命運預定局局長助理說。

幼兒園裡，階級意識基礎課已經上完，那聲音是想讓未來的工業供需相適應。「我的確喜歡坐飛機，」聲音在低聲說，「我的確喜歡坐飛機。我的確喜歡穿新衣服，我的確喜歡……」

「當然，自由主義被炭疽桿菌殺死了。可是你仍然不能光靠武力辦事。」

「可她的靈氣跟蕾妮娜差遠了，哦，差遠了。」

「但是舊衣服報討厭，」不知疲倦的低聲繼續說著，「我們總是把舊衣服扔掉。扔掉比修補好，扔掉比修補好，扔掉比……」

「管理得坐著幹，不能夠打人。你得用頭腦、用屁股，而不是用拳頭。比如，促進消費。」

「行了，我已經準備好接受他的邀請。」蕾妮娜說，芬妮仍然一言不發，身子扭到一邊。

「咱倆講和吧，芬妮，親愛的。」

「每個男人女人和孩子每年都必須有高的消費。為了工業的利益。唯一結果就是……」

「扔掉比修補好。修補越多，財富越少。修補越多……」

「過不了幾天，」芬妮難過地強調說，「你就會遇到麻煩的。」

「規模巨大的出自良心的反對。什麼都不消費，回到自然。」

「我的確愛坐飛機，的確愛。」

「回到文化的要求，對，回到文化來。可要是老坐著讀書不動，你的消費可就高不了了。」

「我這樣子行嗎？」蕾妮娜問。她的衣服是玻瓶綠色的人造絲，袖口和領子則是綠色的新膠纖維毛皮。

「八百個樸素派成員倒在機槍之下，在高爾德草場。」

「扔掉比修補好，扔掉比修補好。」

綠色的燈心絨短褲和白色黏膠毛襪子脫到了膝蓋以下。

「後來又出現了大英博物館大屠殺。對兩千個文化迷施放了硫化二氯甲基。」

蕾妮娜的眼睛為一項綠白相間的騎手帽遮住；皮鞋亮綠色，擦得錚亮。

「最後，」穆斯塔法·蒙德說，「總統們意識到使用武力並不是辦法，於是採取了緩慢但是絕對可靠的人工生殖、新巴甫洛夫條件設置法和睡眠教育法……」

她腰上圍了一條嵌銀的綠色人造摩洛哥皮藥囊帶，略微隆起。蕾妮娜不是孕女，「藥囊帶」上有定時滲入的避孕藥。

「菲茨納和川口的發現終於得到採納。掀起了一場深入的反對懷孕生育的宣傳……」

「無懈可擊！」芬妮激動地叫了起來。她對蕾妮娜的魅力從來無法長久抵抗。「這條馬爾薩斯帶可愛得沒法說！」

「同時掀起了一場反對過去的運動；關閉了博物館，炸毀了歷史紀念建築（幸好那些建築在九年戰爭時大部分已經毀滅）；查禁了佛特紀元一五〇年以前的一切書籍。」

「我非得弄一條像這樣的帶子不可。」芬妮說。

「比如，那時還有一種東西，叫做金字塔。」

「我那條黑色的專利皮帶……」

「還有個人叫做莎士比亞，你們當然沒有聽說過。」

「我那條帶子絕對是一種恥辱。」

「這就是真正的科學教育的好處。」

「越縫越窮，越縫越……」

「我主佛特第一輛T型車出現那年……」

「我用這腰帶快六個月了。」

「就被定為新紀元的開始。」

「扔掉比修補好；扔掉比修補好。」

「我以前說過，有個東西叫做基督教。」

「扔掉比修補好。」

「是低消費的倫理學和哲學……」

「我喜歡新衣服，我喜歡新衣服，我喜歡……」

「在低消費時代基督教非常重要，但是在機器和氮合成時代它就肯定成了反社會的罪行。」

「是亨利·福斯特給我的。」

「於是，所有的十字架都砍掉了頭，成了T字架。還有個東西叫做上帝。」

「那是真正的人造摩洛哥皮。」

「我們現在是在世界國裡。我們慶祝佛特日，有社會本分歌，還有團結祈禱。」

「佛特我主，我多麼討厭他們！」伯納·馬克思考慮著。

「那時有一個東西，叫做天堂；可是人們仍然喝非常大量的酒。」

「只把她當做肉體，那種肉體。」

「那時有個東西叫做靈魂，還有個東西叫做永恆。」

「你一定要問問亨利，他是在哪兒買的。」

「可是他們那時常使用嗎啡和可卡因。」

「而更糟糕的是她也把自己看做是肉體。」

「佛特紀元一七八年有兩千個藥劑師和生化學家得到了資助。」

「他的確是悶悶不樂的樣子。」偷運預定局局長助理指著伯納・馬克思說。

「六年以後那十全十美的藥品就投入了商業性生產。」

「我們來逗他一下……」

「它能夠產生飄飄欲仙，醉意朦朧的美妙幻覺。」

「悶悶不樂，馬克思，悶悶不樂。」肩膀上一拍，他嚇了一跳，抬頭看去。就是那個粗漢亨利．福斯特，「你需要的是一克唆麻。」

「具有基督教和酒精的一切好處，卻沒有兩者的壞處。」

「我主佛特！我真恨不得殺了他！」可是，他只說了一句，「謝謝，我不需要。」便推開了遞給他的那一管藥片。

「只要你喜歡就可以給自己放個假，擺脫現實，回來的時候頭疼和神話便都消失了。」

「吞吧，」亨利・福斯特堅持說，「吞吧。」

「實際上，穩定就得到了保證。」

「只需吞下一小片，十種煩惱都不見。」局長助理引用了一句睡眠教育的樸素格言。

「然後，就只剩下了一件事：征服衰老。」

「去吧，去吧！」帕納・馬克思說。

「喔唷，喔唷。」

「把注荷爾蒙輸入年輕的血液去，鎂鹽……」

「記住，唆麻吞一片，立即脫苦難。」他們倆笑著走了出去。

「老年生理的衰邁跡象全都消除。當然，隨之而消除的還有……」

「別忘記了問他那條馬爾薩斯帶的事。」芬妮說。

「還有老年的一切。心理特徵，性格是終身不變的。」

「……然後打兩局障礙高爾夫消磨掉黃昏前的時光。我一定要坐飛機。」

「工作，遊戲——我們的精力和口味到了六十歲還和那時的人十七歲時一樣。在苦難的日子裡老年人總喜歡消極，退卻，相信宗教，靠讀書和思考混日子，思考！」

「白痴，豬玀！」伯納·馬克思沿著走廊走去，自言自語道。

「而現在——這就是進步了——老年人照樣工作，照樣性交，尋歡作樂，沒有空閒，沒有絲毫的時間坐下來思考。或者，即使由於某種不幸的偶然，在他們的娛樂消遣裡出現了空檔，也永遠會有唆麻，美味的唆麻，半克就是半個假日，一克就是一個週末，兩克就是一次輝煌的東方旅遊。三克唆麻就是一次月球上昏昏沉沉的永恆。從那兒回來的時候他們會發現自己已經越過了空檔，每天腳踏實地，安安穩穩地工作和娛樂，看完一部感官片又趕下一部感官片，從一個有靈氣的女孩到另一個有靈氣的女孩，從電磁高爾夫球場到……」

「走開，小女孩。」主任憤怒地叫道，「走開，小娃娃！你們沒有看見閣下忙著嗎？去，去，別的地方玩你們的性遊戲去。」

「讓小傢伙們玩吧。」總統說道。

機器輕微地嗡嗡響著，傳送帶緩慢莊嚴地前進，每小時三十三公分；暗紅裡無數紅寶石閃著微光。

第四章

電梯裡滿是從阿爾法換瓶（更衣）間裡來的人。蕾妮娜一進門就有好幾個人向她點頭微笑，打著招呼。這個女孩人緣很好，幾乎和他們每個人都偶爾睡過覺。

都是些可愛的小伙子，她回答他們的招呼時心想。迷人的小伙子！不過，她仍然希望喬治・艾澤爾的耳朵沒有那麼大（他也許是在三百二十八公尺時多接受了一點甲狀腺素？），而看見班尼特・胡佛時她又不禁想起他脫光衣服後身上的毛的確太多。

她轉過因想起班尼特鬈曲的黑毛而顯得不高興的目光，在一個角落裡看見了伯納・馬克思的瘦削的身軀和憂鬱的臉。

「伯納！」她向他走近了一步「我剛才還在找你。」她清脆的聲音壓過了電梯的嗡嗡聲。別人好奇地轉臉看著他們。「我想和你談談我們去新墨西哥的計畫。」她在眼角掃見了班尼特・胡佛驚訝得張大了的嘴，那張嘴叫她心煩。「他沒有想到我沒有再約他去吧！」她心想。然後她又放開了嗓子，比任何時候都熱情地說，「我就是喜歡在六月份跟你去過一個禮拜。」她說下去。（總之，她在公開表示出對亨利的不忠實，芬妮應該高興了，即使表示的對象是伯納。）「沒有錯，」蕾妮娜對他露出了她最含情脈脈的美妙的微笑，「如果你還想要我的話。」

伯納蒼白的臉泛起了紅暈。「幹嘛臉紅？」她有些莫名其妙，也驚訝，卻也為自己的魅力引來的這種禮贊所感動。

「我們倆……另外找個地方……談談如何？」他結結巴巴地說，表情不自然得可怕。

「好像我說了什麼嚇人的話似的，」蕾妮娜想道，「哪怕我開了個骯髒的玩笑——比如問起他的母親是誰什麼的，他也不會更生氣的。」

「我的意思是說，當著這麼多人的面……」他慌亂得說不出話來。

蕾妮娜的笑很坦然，毫無惡意。「你多麼好笑！」她說；她的的確確覺得他好笑。「請你提前一個星期通知我，好嗎？」她換了一種口氣。「我估計我們是乘藍色太平洋號火箭？從切林T字口大廈起飛，是嗎？要不然是從漢浦斯泰德起飛？」

伯納還沒有來得及回答，電梯已經停了。

「屋頂到了！」一個刺耳的聲音叫道。

電梯工長得像隻猴，小個子，穿黑短褂，那是半白痴的負愛普塞隆們穿的。

「屋頂到了！」

他砰的一聲打開大門，午後的陽光的溫暖和明亮讓他一震，「哦，屋頂到了！」他再次帶著狂歡的口氣說，彷彿猛然從人事不省的昏沉裡快活地醒了過來，「屋頂到了。」

他抬頭望著客人們的臉笑了，帶著有所期待的崇拜，像條狗。客人們說說笑笑走進陽光裡。電梯工望著他們。

「是上屋頂吧？」他疑問地重複了一句。

一聲鈴響，電梯天花板上傳出擴音器的聲音，發出了命令，十分輕柔卻也威嚴。

「下行！」那聲音說，「下行。十八樓。下行，下行。十八樓。下行……」

電梯工砰的一聲關上門，一按按鈕，電梯立即往梯井裡嗡嗡響著的暗處掉了下去，那是他所習慣的黑暗。

房頂溫暖而明亮。直升機嗡嗡地飛，飛得夏日的午後睡意朦朧。火箭飛機從五六英里外的晴朗的天空急速掠過，雖然看不見，它那更加深沉的轟鳴卻彷彿是在撫摩著柔和的空氣。伯納·馬克思做了一個深呼吸，抬頭看了看天空，再看了看四周藍色的地平線，最後看到了蕾妮娜的臉。

「多麼美麗呀！」他的聲音有點顫抖。

她帶著最為深沉的同情對他理解地笑了，「玩障礙高爾夫再好也沒有了，」她歡快地回答，「現在我要飛了，伯納。老叫亨利等著是會惹他生氣的。定好了日期可要及時通知我喲。」她揮著手邁過平坦廣闊的屋頂向飛機庫走去。伯納站著，望著離去的白襪的閃光；望著她那曬黑的膝蓋矯健地伸直，彎曲，再伸直，再彎曲：望著玻瓶綠的短外衣下那裡身的燈心絨短褲。他臉上露出了痛苦的表情。

「我說她可真漂亮。」他身後一個聲音快活地叫道。

伯納吃了一驚，回頭一看。班尼特．胡佛正低著他那胖乎乎紅撲撲的臉望著他笑——顯然是發自內心的笑。班尼特是以溫和著名的。大家都說他大概一輩子不必使用唆麻。壞心眼呀，怪脾氣呀，能弄得別人非休假不可的東西對他卻從來不起作用。在班尼特面前現實永遠陽光燦爛。

「而且有靈氣。多有靈氣！」然後他換了一個調子，「可是我說，」他接下去，「你確實一臉憂鬱，你需要的是一克唆麻，」他右手伸進口袋，掏出一個小瓶子，「只需吞下一小片，十種煩惱都不見……可是我說！」

伯納已突然轉身匆匆走掉了。

班尼特盯著他看了一會兒。「這傢伙究竟是怎麼回事了？」他感到茫然，搖了搖頭，認定關於那可憐傢伙的代血劑裡放進了過多酒精的故事是真的。「影響了腦袋，我看是。」

他放開了唆麻瓶，掏出了一包性荷爾蒙口香糖，塞了一片到嘴裡，一邊納悶、一邊慢慢走向飛機庫。

亨利．福斯特已經把他的飛機從機庫推出，蕾妮娜來到時，他已坐進了駕駛艙等候著。

「晚了四分鐘。」他只說了這麼一句。她上了飛機，在他身邊坐了下來。亨利發動引擎，直升機螺旋槳掛上了擋。飛機垂直射入天空。亨利一加速，螺旋槳尖叫起來，轟鳴聲從大黃蜂變成了黃蜂，再從黃蜂變成了蚊子。速度計表明他們正以大體每分鐘兩公里的速度上升。倫敦在他們身下猛然縮小。幾秒鐘之內巨大的平頂建築便只如一片片幾何圖形的蘑菇，挺立於公園和花園的綠色之上。其中有一個小一點的細莖蘑菇，更高更長，向空中擎起一個亮閃閃的水泥圓盤，那就是切林T字架。

他們頭上是巨大蓬鬆的雲朵，有如幾個神話力士的模糊的胴體垂在蔚藍的空中，或是高聳在他們頭上。一個鮮紅的小蟲突然嗡嗡鳴叫著從一個力士身子裡往下降落。

「那就是紅色火箭，」亨利說，「剛從紐約飛到。」他看看錶，「遲到了七分鐘，」他搖了搖頭補充，「這些大西洋航班——的確誤了點，太丟臉了。」

他一鬆腳下的加速器，頭頂上螺旋槳的轟鳴聲降低了八度半，從大黃蜂變成了黃蜂、蜜蜂、金龜子、鹿角蟲。飛機上升的衝刺減緩下來，不一會兒他們便一動不動是在了空中。亨利推了一根杠杆，咋的一聲，他們前面的螺旋槳開始了旋轉。起初很緩慢，漸漸變快，最後眼前便成了一片圓形的光霧，懸浮平飛的高速風叫得越發尖利了。亨利的眼睛盯住轉速盤，見那指針指到一千二，便鬆開了上升螺旋槳。飛機已有足夠的前衝量靠機器維持飛行。

蕾妮娜通過兩腿之間的地板窗戶看下去。他們正在六英里的公園地帶上空飛過，那一地帶把倫敦中心區和第一衛星郊區分隔開來。綠色地帶上的縮小了的人群像是蛆蟲。樹林裡閃亮著無數汪汪狗急離心遊戲塔，猶如森林。牧人灌木叢附近，兩千對貝塔減正在進行瑞曼面網球混合雙打。從諾丁山到維爾施登的幹道兩旁是五號自動扶梯球場。依林運動場上一場德爾塔體操表演和社會歌演唱正在進行。

「咔嘰是多麼醜陋的顏色。」蕾妮娜說，表達了她從睡眠教育獲得的階級偏見。

杭斯洛感官片攝製廠占地七公頃半，附近有一支穿黑色咔嘰制服的勞動者隊伍正為西大路重新鋪設玻璃而忙碌。他倆飛過時，一個流動坩堝剛好打開，熔化的玻璃發出刺目的強光滾滾流向路面。石棉壓路機碾來碾去，絕緣灑水車後蒸騰起一片白霧。

伯蘭特福的電視機公司工廠簡直像一個小市鎮。

「他們準是在換班。」蕾妮娜說。

淡綠色的伽瑪女孩和黑衣的半白痴們像蚜蟲和螞蟻一樣在門口擠來擠去，有的在排隊，準備上單軌電車。人群之間走來走去的是桑葚暗紫色的負貝塔。主樓頂上直升機或升或降，一片繁忙景象。

「說心裡話，」蕾妮娜說，「我幸好不是個伽瑪。」

十分鐘後他們已來到斯托克波吉，玩起了第一局障礙高爾夫。

伯納匆匆走過屋頂，眼睛大致望著地下，偶然見了人也立即悄悄躲開。他像是被敵人追捕，卻不願意看見追捕者，因為怕他們的樣子比預想的更可怕。這就把他自己弄得更為內疚，更加無可奈何的孤獨。

哪個可惡的班尼特．胡佛！那人的用心原本是好的。這就使他的處境更糟糕。用心良好的人跟居心不良的人做法竟然完全一樣。就連蕾妮娜也讓他痛苦。他記得那幾星期畏怯猶豫的日子，那時他曾經希冀、渴望有勇氣問問她，卻又失望了。他有勇氣面對遭到輕蔑拒絕的羞辱嗎？可她如果竟然同意了，他又會狂喜到什麼程度！好了，她現在已經對他明白表態了，可他仍然難受——因為她居然認為那天下午最好是用來打障礙高爾夫，而且跟亨利．福斯特一溜煙跑掉了。他不願在公開場合談他倆之間最秘密的私事，她居然覺得好笑。總之，他難受，因為她的行為只像個健康的、有道德的英格蘭女孩，毫無其他獨特的與眾不同之處。

他打開自己的機庫，叫來兩個閒逛著的負德爾塔隨從把他的飛機推到屋頂上去。機庫的管理員是單一組波坎諾夫斯基化的多生子，一模一樣地矮小、熏黑、猙獰。伯納像一個對自己的優越性不太有把握的人一樣發出命令，口氣尖利，帶幾分傲慢，甚至有些氣勢洶洶。伯納對跟種姓低的人打交道有非常痛苦的經驗。因為不管原因何在，伯納的身體並不比一般的伽瑪好。關於他代血劑裡的酒精的流言大有可能是實有其事，因為意外總是會發生的。他的個子比標準阿爾法矮了八公分，身體也相應單薄了許多。跟下級成員的接觸總痛苦地讓他想起自己這種身體缺陷。「我是我，卻希望沒有我。」他的自我意識很強烈，很痛苦。每一次他發現自己平視著，而不是俯視著一個德爾塔的臉時便不禁感到受了侮辱。那傢伙會不會以對待我的種姓應有的尊重對待我？那問題叫他日夜不安，卻並非沒有道理。因為伽瑪們、德爾塔們和愛普塞隆們經過一定程度的條件設置，總是把社會地位的優越性和個子的大小掛鈎的。實際上由於睡眠教育，有利於大個子的偏見普遍存在。因此他追求的女人嘲笑他；跟他同級的男人拿他惡作劇。種種嘲笑使他覺得自己是個局外人。既以局外人自居，他的行為舉止也就像個局外人了。這就更加深了別人對他的偏見，加劇了他身體缺陷所引起的輕蔑和敵意，從而又反過來加深了他的局外感和孤獨感。一種怕被輕視的長期畏懼使他回避他的同級人，使他在處理下級問題時產生很強烈的自尊意識。他多麼妒嫉亨利・福斯特和班尼特・胡佛呀！那些人要一個愛普塞隆服從並不需要大喊大叫，把自己的地位看做是理所當然，他們在種姓制度裡如魚得水，悠然自得，沒有自我意識，對自己環境的優越和舒適也熟視無睹。

他彷彿覺得那兩個隨從把他的飛機推上屋頂時有點不大情願，動作慢吞吞的。「快點！」伯納生氣地說。有個隨從瞟了他一眼。他從那雙茫然的灰白的眼裡覺察到的是一種畜生般的藐視嗎？「快點！」他喊叫得更大聲了，聲音裡夾著一種難言的乾澀。

他上了飛機，一分鐘後已向南邊的河上飛去。

幾個宣傳局和情緒工程學院都在海軍大街一幢六十層的大樓裡。那樓的地下室和下面幾層由倫敦的三大報紙——《每時廣播》（一種供高種姓閱讀的報紙）、淺綠色的《伽瑪雜誌》和咖啡色的絕對使用單音節字的《德爾塔鏡報》的印刷廠和辦公室佔用。往上分別是電視宣傳局、感官電影局和合成聲與音樂局——一共占了二十二層。再往上是研究實驗室和鋪設軟地毯的房間——

是供錄音帶寫作作家和合成音樂作曲家精心推敲的地方。最上面的十八層樓全部由情緒工程學院佔用。

伯納在宣傳大廈樓頂降落，下了飛機。

「給下面赫姆霍茲·華生先生打個電話，」他命令門房的正伽瑪，「通知他伯納·馬克思在屋頂上等候。」

他坐下來點燃了一支香煙。

電話打來時赫姆霍茲·華生先生正在寫作。

「告訴他我立刻就來，」他說畢掛上了話筒，然後轉身對秘書說，「我的東西就交給你收拾了。」他對她那明媚的微笑不予理會，仍用公事公辦的口氣說著話，同時站起身子，迅速來到了門邊。

赫姆霍茲·華生先生身體壯實，深厚的胸膛，寬闊的肩頭，魁梧的個子，可是行動迅速，步履矯捷而富於彈性。脖子像一根結實的圓柱，撐起一個輪廓美麗的頭。深色的鬈髮，五官棱角分明。的確漂亮非凡，引人注目。正如他的秘書所不疲倦地重複的：每一公分都是個正阿爾法。他的職業是情緒工程學院寫作系的講師，業餘又從事教育活動，是個在職的情緒工程師。他定期為《每時廣播》寫稿，寫感官片腳本，而且精通寫口號和睡眠教育順口溜的奧妙。

「能幹，」上司對他的評價是，「也許，（說到此他們便搖搖頭，含義深刻地放低了嗓門）

過分能幹了一點。」

是的，過分能幹了一點，他們沒有錯。智力過高對於赫姆霍茲．華生所產生的後果跟生理缺陷對於伯納．馬克思所產生的後果很為相似。骨架太小肌肉太少讓伯納和他的夥伴們疏遠了。從一切流行標準看來，那種疏遠都是心靈所難以承受的，於是他和他們之間疏遠得更厲害了。而使赫姆霍茲極不愉快地意識到自己和自己的孤獨的則是過分能幹。兩人共同的感覺都是孤獨。可是有生理缺陷的伯納感到孤獨的痛苦已經有一輩子；而赫姆霍茲．華生因為意識到自己過分聰明、跟周圍的人的差異卻是新近的事。這位自動扶梯手球冠軍，這位不知疲倦的情人（據說他四年不到就有過六百四十個不同的女孩），這位可敬的委員、交際能手最近才突然明白了一個道理：遊戲、女人、社交對他只能算是第二等的好事。實際上（也是根本上）他感到興趣的是另外一個問題。什麼問題？那正是伯納要來跟他討論的問題——或者說，要來聽他再談談的問題，因為談話的永遠是赫姆霍茲。

赫姆霍茲一跨出電梯便受到三個迷人的女孩攔路襲擊——她們剛踏出了合成聲宣傳局。

「哦，赫姆霍茲，親愛的，晚飯時到老荒原來吧，跟我們一起野餐。」她們纏住了他。

他搖搖頭，從女孩們中擠了出來。「不行，不行。」

「別的男人我們一個都不請。」

但就連這樣動人的承諾也打不動赫姆霍茲。「不行，」他仍然說，「我有事。」說完便徑直走掉了。女孩們跟在他身後，直到赫姆霍茲上了伯納的飛機，砰的一聲關上了門，才放棄了追逐。她們對他並非沒有抱怨。

「這些女人！」飛機升上天空，赫姆霍茲說。這些女人飛時搖著腦袋，皺起眉頭，「真叫人吃不消！」伯納假惺惺表示同意，說話時倒恨不得也像赫姆霍茲能夠有那麼多女孩，那麼少煩惱。一種自我吹噓的迫切需要突然攫住了他，「我要帶蕾妮娜到新墨西哥州去。」他竭力裝出漫不經心的樣子說。

「是嗎？」赫姆霍茲毫無興趣地回答，稍停之後，他又說了下去，「前一兩週我謝絕了所有的委員會會議和所有的女孩。女孩們為了這個在學院裡大吵大鬧，那場面你簡直難以想像。不過，倒還是值得的。其結果是……」他猶豫了一下，「總之，她們非常奇怪，非常奇怪。」

生理上的缺陷可能造成一種。心理上的過分負擔。那過程似乎也能夠逆反。心理上的過分負擔為了它自身的目的也可能蓄意孤立自己，從而造成自覺的盲目和聾聵，人為的產生禁欲主義的性無能。

短暫的飛行剩下的部分是在沉默裡度過的。他倆來到伯納的房間，在氣墊沙發上舒舒服服地伸展開來之後，赫姆霍茲又開始了談話。

話說得很慢。「你曾經有過這種感覺沒有，」他問道，「你身子裡好像有了什麼東西，一直等著你給它機會宣洩。某種過剩的精力，你不會使用的精力——你知道，就像所有的水都流成了瀑布，並沒有衝動渦輪，你有過這種感覺沒有？」他帶著疑問望著伯納。

「你是說，如果情況不同人們可能產生的感覺。」

赫姆霍茲搖搖頭。「不完全是。我想的是我有時候產生的一種奇怪感覺，一種我有重要的話要說，也有力量說的感覺——可是我卻不知道那是什麼感覺，那力量也使不出來。如果能夠用什麼不同的話把它描述出來的話……或是用別的什麼辦法寫出來的話……」說到這裡他忽然打住了。「你看，」他終於又說，「我還是擅長說話的——我說的話能夠刺激得你猛然蹦了起來，幾乎像坐到了針尖上。我的話似乎那麼新，那麼尖，雖然都是些睡眠教育裡的明顯道理。可那似乎還不夠。光是詞句好還是不夠的；還得意思好才行。」

「可是，你說的東西都是好的，赫姆霍茲。」

「哦，行得通的時候倒還好，」赫姆霍茲聳了聳肩，「可是我的話不大行得通。在一定程度上我的話並不重要。我覺得我可以做的事要重要得多。是的，是些我更為迫切地、強烈地想做的事。可那是什麼事？我是說：什麼東西更重要？別人要求你寫的東西怎麼可能讓你迫切得起來？話語能像X光，使用得當能穿透一切。你一讀就被穿透了。那是我努力教給學生的東西之——怎樣寫作才能夠入木三分。可是叫一篇論《團結歌》或是寫香味樂器最新的改進的文章穿透又有什麼意思！而且，寫那些玩意，你的話真能夠入木三分嗎？能夠真像最強烈的X射線嗎？沒有意義的東西你能寫出意義來嗎？我的意思——歸根到底就是這樣。我曾經一再努力……」

「小聲點！」伯納突然伸出一個指頭警告；兩人聽了聽。「我相信門口有人。」他低聲說。赫姆霍茲站了起來，踮起腳尖穿過房間，猛然甩開了大門。當然沒有人。

「對不起，」伯納說，感到難堪，不自然，滿臉尷尬，「我大概是精神負擔過重。別人懷疑你，你也就會懷疑別人的。」

他用手擦了擦眼睛，嘆了一口氣，聲音很傷感，他在為自己辯解。「你要是知道我最近受到的壓力就好了。」他幾乎要流淚了，一種自憐的情緒有如泉水一樣洶湧而出。「你要是知道就好了！」

赫姆霍茲．華生帶著某種不安聽著。「可憐的小伯納！」他心想。同時也在為他的朋友感到慚愧。他希望伯納能表現出更多的自尊。

第五章

八點鐘天色漸漸暗去，斯托克波吉俱樂部大樓高塔上的擴音器開始宣布遊戲結束，那男高音是超越人類的。蕾妮娜和亨利玩完遊戲，回俱樂部去。內外分泌托拉斯的牧場上傳來數千頭牛的叫聲。那些牲畜把荷爾蒙和牛奶提供給凡恩漢皇家森林那座巨大的工廠，作為原料。

暮色裡塞滿了直升機斷續的嗡嗡聲。每隔兩分半鐘就有鈴聲和汽笛宣布一列輕便單軌火車開出，那是運載下層種姓的球客們從各個高爾夫球場回都市去的。

蕾妮娜和亨利上了飛機出發了。亨利在八百公尺高處放慢了直升機螺旋槳，兩人在逐漸暗淡的景物上空懸掛了一兩分鐘。貝恩漢的山毛櫸林有如一片濃黑的巨大沼澤，往西天明亮的岸邊伸展。地平線上的落日餘暉一片鮮紅，往上漸漸轉為橘紅，黃，直到淺淡的湖綠。往北望去，森林外的天空裡，二十層樓的內外分泌工廠的窗戶燈光全部亮了，閃耀著熾熱電光的燦爛。往下是高爾夫球俱樂部大樓——亦即低種姓的巨大營房。隔離牆那邊是保留給阿爾法和貝塔們的較小的房舍。通向單軌火車的路上黑壓壓擠滿了像蟻群一樣的活動的低種姓人。一列火車從玻璃質的拱門下燈火通明地開進了露天裡。兩人的眼睛隨著火車越過了黑暗的平原，被羽蛻火葬場巍峨的大樓吸引了去。為了夜間飛行的安全，火葬場四個高煙囪都有輝煌的泛光照耀，頂上還裝有紅色的警燈，警燈同時也是里程符號。

「煙囪上為什麼有陽臺樣的東西圍繞？」蕾妮娜問。

「磷回收，」亨利簡短地說，「氣體在升上煙囪時要經過四道不同的工序。過去五氧化二磷都在人體燒化時流失了，現在其中的百分之九十八都能回收。一個成年人的屍體能回收到一公斤半以上。光是在英格蘭每年回收的磷就多達四百噸。」亨利得意揚揚地說，為這種成績衷心感到高興，彷彿那是自己的成績。「想到我們死了之後還能繼續對社會做貢獻，幫助植物生長，那是很愉快的。」

此時蕾妮娜已經望著別處。她正俯瞰著單軌火車站。「是的，」她同意，「可奇怪的是：阿爾法和貝塔們死去後，為什麼不能比低種姓的伽瑪、德爾塔和愛普塞隆營養更多的樹木呢？」

「從物理化學上說，人類是天生平等的，」亨利說話像格言，「而且，即使是愛普塞隆的貢獻也都必不可少。」

「即使是愛普塞隆……」蕾妮娜想起了一件事。那時她還是小女孩，還在學校裡讀書。她半夜醒了過來，第一次意識到了在她每次入睡後縈繞著她的那種細語。她眼前出現了那月光，那排小白床；聽見了那輕悄的柔和的細語（那聲音依然在耳，經過了那麼多個長夜的一再重複，她沒有忘記，也無法忘記。）那細語在說：「每個人都為每個別的人工作。沒有別的人我們是不行的。即使是愛普塞隆也有用處，沒有愛普塞隆我們也是不行的。每個人都為每個別的人工作，沒有別的人我們是不行的……」蕾妮娜記起了她第一次所感到的震驚和意外；她猜測了半個小時，睡不著。然後，由於那永遠重複的話句，她的心靈逐漸舒坦起來，舒坦起來，平靜下去，於是睡意悄悄到來。

「我估計愛普塞隆們並不真的在乎當愛普塞隆。」她大聲說道。

「他們當然不在乎。他們怎麼會在乎呢？他們並不知道做其他種類的人的感覺。而我們當然是會在乎的。可是，我們接受了不同的條件設計，何況遺傳也根本不同。」

「我很高興不是個愛普塞隆。」蕾妮娜深信不疑地說。

「可你如果是個愛普塞隆，」亨利說，「你的條件設置就會讓你感謝佛特，不亞於自己是個貝塔或阿爾法的。」他給前飛推進器掛上擋，讓飛機往倫敦城飛去。他們背後，西方的深紅與橘紅已然淡去，漠漠的烏雲爬上了天頂。越過火葬場時，從高煙囪升起的熱氣把飛機抬升了起來，直到飛到下降的冷空氣流裡，才又突然沉降。

「多麼有趣的升降！」蕾妮娜快活地笑了。

可是，亨利的調子一時卻幾乎是憂傷的。「你知道那升降是什麼意思嗎？」他說，「那意味著一個人最終消失了，一去不復返了，變做了一股熱氣，升了上來。要是能夠知道那是什麼人一定會很有趣的——是男人，是婦女，是阿爾法，或是愛普塞隆？……」他嘆了口氣，然後以一種堅決的快活的聲音結束，「總之，有一點我們可以肯定：不管他原來是什麼，他活著的時候是幸福的。現在每個人都很幸福。」

「是的，現在每個人都很幸福。」蕾妮娜重複道。他倆每天晚上要聽這話重複一百五十次，已經聽了十二年。

亨利的公寓在西敏寺，有四十層樓，他們在樓頂降落下來，徑直往餐廳走去。他倆在那兒跟一群喧囂快活的夥伴吃了一頓可口的晚餐。唆麻跟咖啡同時送上。蕾妮娜吃了兩個半克藥片，亨利吃了三個。九點二十分兩人橫過了大街，來到新開的西敏寺歌舞餐廳。那天晚上差不多沒有雲，也沒有月亮，只有星星，幸好這叫人沮喪的事實沒有為蕾妮娜和亨利注意到。因為天空的燈光招牌有效地掩飾了天外的黑暗：「加爾文·司徒普率十六位薩克斯手演出。」巨大的字體在西敏寺新的門面上閃著誘惑的光。「倫敦最佳色香樂隊演奏最新合成音樂」。

兩人進了場。龍涎香和檀香的氣味不知道怎麼使空氣似乎又熱又悶。設色器在大廳的圓拱形天花板上畫出了一幅赤道落日的景象。十六位薩克斯手正演奏著一支人們喜愛的老曲子：「全世界呀，就沒有這樣的瓶子，能夠比上你呀，我親愛的小瓶子。四百對舞伴在光滑的地板上跳著五步舞。蕾妮娜和亨利立即結成了第四百零一對。薩克斯風嗚咽著，像貓在月光下和諧地對叫；女中音和男高音呻吟著，彷彿經歷著那小小的死亡。雙方的顫抖的和鳴有著豐富的和聲，逐漸升向高潮，越升越高，越升越高——終於，指揮一揮手，最後的粉碎性的仙樂軟了下來，直叫那十六個塵世的號手魄散魂銷。A降調雷霆怒吼，隨即逐漸下落，以四分之一音的梯級逐漸下滑，下滑，幾乎沒有了聲音和亮光，下滑為極輕柔的耳語奏出的主和絃。那和絃回還往復（四五拍子的旋律仍在背後搏動），把強烈的企盼賦予了昏沉中的每一秒鐘。最終，企盼滿足了，突然爆發出了旭日東昇，十六個聲音同時炸出歌唱：

「我的瓶子呀，我永遠需要的瓶子！

我的瓶子呀，我為何要換瓶出世？

在你的懷裡呀，天空一片蔚藍，

在你的懷裡呀，永遠有和風麗日；

因為——

全世界呀，就沒有這樣的瓶子

能夠比上你呀，我親愛的小瓶子。」

蕾妮娜和亨利跟別的四百對舞伴一起在西敏寺轉著圈跳著五步舞時，也漫舞於另外一個世界——那溫馨的、絢麗的、友愛纏綿的唆麻假日的世界。每一個人是多麼和善，多麼漂亮，多麼風趣可愛呀！「我的瓶子呀，我永遠需要的瓶子……」可是蕾妮娜和亨利已經得到了他們所需要的東西……他們此時此地已經在瓶子裡，在安安穩穩的瓶子裡，那裡永遠和煦，天空四季蔚藍。在十六個人筋疲力盡，放下薩克斯之後，合成樂音箱放起了最新的馬爾薩斯勃普斯，此時他倆差不多就是一對孿生的胚胎，在瓶裡的代血劑的海浪中輕輕地起伏澹蕩。

「晚安，親愛的朋友們。晚安，親愛的朋友們。」大喇叭用親切悅耳的禮貌掩蓋著它們的命令。「晚安，親愛的朋友們……。」

蕾妮娜和亨利跟眾人一起規規矩矩離開了大樓。令人沮喪的星星已經在天頂運行了好大一截路。可是儘管空中隔斷視野的市招已經大多消失，兩個年輕人仍然歡天喜地，沒有意識到黑夜。

在舞會結束前半小時就吞下的第二劑唆麻已在現實世界跟他倆之間豎起了一堵穿木透的牆壁。兩人在瓶子裡穿過了街道，在瓶子裡塔電梯來到了二十八樓亨利的房間。可是，雖然在瓶子裡，而且吞了第二劑唆麻，蕾妮娜並沒有忘記按照規定做好一切避孕的準備。多年來的深入的睡眠教育和從十二歲到十七歲每週三次的馬爾薩斯操訓練，已經把採取這類預防措施弄得像眨眼睛一樣，幾乎自動化，不能缺少了。

「哦，那叫我想起來了，」蕾妮娜從浴室回來時說，「芬妮．克朗要想知道，你給我的那條可愛的綠色摩洛哥皮的藥劑帶是從什麼地方弄到的。」

每隔一週的星期四是伯納的團結禮拜日。在愛神會堂（最近赫姆霍茲按照第二條款被選進了會堂管委會）提前吃過午飯，伯納告別了朋友，在房頂上叫了一部出租直升機，命令駕駛員往福特森社區歌廳飛去。飛機上升約兩百公尺便轉向了東方，轉彎時伯納眼前已出現了那巍峨壯麗的歌廳大樓。三百二十公尺高的人造卡拉拉大理石建築為熾熱的白色泛光映照著，高聳於路德山之上。大樓的直升機平臺四角，各有一個碩大無朋的T字架，在夜色襯托下閃著紅光，二十四支金喇叭嗚嗚地演奏著莊嚴的合成樂。

「倒楣，遲到了。」伯納一眼看見歌廳大鐘大亨利就自言自語說。的確，在他付出租飛機費時大亨利已經敲響。「佛，」金鐘寬宏的低音齊聲謳歌起來，「佛，佛，佛……」連敲了九下。伯納直奔電梯而去。

佛特日慶祝暨社區群眾歌詠會的禮堂在大樓底層。上面是七千間房，每層一百間，團結小組便在這裡進行雙週祈禱。伯納下到第三十三層，匆忙跑過走廊，在三二一零室門口遲疑了一下，鼓足了勇氣，走了進去。感謝佛特！他還不是最後一個。圍著桌子共是十二張椅子，還有三張空著。他盡可能不惹眼地溜到了最近的椅子旁邊，打算對後來的人皺眉頭——不管是誰。

「你今天下午玩的是什麼？」他左邊的一個女孩轉身向他，問道，「障礙球還是電磁球？」

伯納望了她一眼（天哪！是摩根娜．羅斯柴爾德），便紅著臉告訴她他什麼也沒有玩。摩根娜驚訝地看著他。出現了短暫的尷尬的沉默。

然後，她怒沖沖轉過身，跟她左邊較為有趣的人談話去了。

「好一個團結祈禱的開端。」帕納痛苦地想道，預感到自己救贖的意圖又要落空。他要是沒有匆匆搶個最近的座位，而讓自己先打量打量周圍就好了！他就可能坐在菲菲．布拉勞芙和喬安娜．狄塞之間了。可他卻糊裡糊塗把自己塞在了摩根娜旁邊。摩根娜！我主佛特呀！她那兩道眉毛！——倒不如說是一道眉毛，因為在鼻梁上方連成了一氣。而在他的右邊呢，偏偏又是克拉拉．笛特汀。是的，笛特汀的眉毛倒沒有連成一氣，可她又靈氣得過了分。菲菲和喬安娜倒是絕對恰到好處。豐滿，金髮，不太高。而現在，那個大笨蛋川口卻坐在了她倆之間。

最後到場的是薩洛季妮．恩格斯。

「你遲到了，」小組長嚴厲地說，「以後可不能這樣。」

薩洛季妮道了歉，溜到吉姆．波坎諾夫斯基和赫伯特．巴克寧之間的座位上去了。全組的人到齊，團結小組已經完整，沒有人缺席。一男，一女，一男，一女……圍著桌子形成了圓圈，無窮地交替著。十二個人做好了準備，等待著融合，化為一體，在更大的存在裡失去十二個各不相同的個性。

主席起立，畫了個T字，打開了合成音樂，放送出不疲倦的輕柔的鼓點和器樂合奏——管樂輕柔，弦樂杳渺，團結聖歌的簡短旋律不斷地重複，回環縈繞，無法逃避。重複，再重複，聽見那搏動著的節奏的不再是耳朵，而是下腹部。那反覆出現的旋律裡的喊叫和打擊圍繞的不再是心靈，而是渴望糾纏悸動的臟腑。

主席又畫了一個T字，坐了下來。祈禱已經開始。奉獻的唆麻片放在桌子正中。草莓冰淇淋唆麻的愛之杯輪流傳遞，按照「我為我的消滅乾杯」的公式乾杯十二次。然後在合成樂隊的伴奏之下唱起了團結聖歌第一章。

「啊，佛特，讓我們十二人融為一體，猶如注入社會洪流的涓涓水滴；

啊，讓我們現在就匯流到一起，有如您閃光的轎車一樣迅疾。」

十二個心情迫切的詩節。愛之杯第二次傳遞。此刻的口號是「我為更大的存在乾杯」。每個人都乾了杯。音樂不疲倦地演奏，鼓點頻頻，樂曲裡的喊叫與敲擊使銷魂的柔情為之沉醉。

「來吧，社會的朋友，更大的存在，銷毀掉十二個，再融合到一塊。

我們渴望死亡，因為我們的毀壞意味著更偉大的新生命的到來。」

又是十二個小節。這時唆麻已開始起作用。眼睛發亮了，面頰泛紅了，內心的博愛之光閃耀在每一張臉上，綻放為幸福和友好的歡笑。即使是伯納也覺得多少融化了一些。摩根娜．羅斯柴爾德回頭對他笑著的時候，他也盡可能報以微笑。可是那眉毛，那連成一道的眉毛——唉！還是那樣子，他不能視而不見。不行，無論他怎樣勉強自己也不行。大概是融合的火候還沒有到家吧！可他如果坐在了菲菲和喬安娜之間，說不定就……愛情之杯第三次傳遞。「我為他即將到臨乾杯。」摩根娜．羅斯柴爾德說。傳杯儀式正好輪到她啟動。她的聲音高亢而歡樂。她喝過唆麻，遞給了伯納。「我為他的即將到臨乾杯。」伯納重複著她的話，打心眼裡努力想感到他即將到來，但那一道眉毛仍然縈繞不去，對伯納來說，他的到臨還遠得很。他喝了唆麻，把杯子傳給了笛特汀。「看來這一次又要失敗了，」他心想，「會失敗的，我知道。」可他仍然竭盡全力歡笑著。

這一輪愛之杯傳遞完畢，主席舉手發出信號，合唱爆發為團結聖歌第三章：

「體會吧，更偉大的存在如何降臨！歡樂吧，我們在歡樂之中隱遁！

融渾了！在砰砰的鼓點裡融渾！因為你們便是我，我也是你們！」

一支歌隨著一支歌，歌聲越來越激動、高亢。他即將降臨之感有如空中積蓄的雷電。組長關掉了樂曲，隨著最後的樂曲的最後一個音符消失，出現了絕對的寂靜——長期渴望所形成的寂靜在帶電的生命裡顫抖著，爬行著。主席伸出了一隻手；突然，一個聲音，一個深沉雄渾的聲音，比任何人世的聲音都更悅耳，更豐富，更溫暖，更加顫動著愛和同情，一個精彩的、神秘的、超自然的聲音在人們的頭頂非常緩慢地傳來，「哦，佛特，佛特，佛特。」那聲音逐漸微弱，逐漸降低。一陣濃郁的溫馨從聽眾的太陽神經叢驚心動魄地輻射出來，造人他們身上的每一個極點；他們不禁熱淚盈眶，心肝五臟都似乎在隨著一個獨立的生命悸動。

「佛特！」他們軟癱了，「佛特！」他們融化了，融化了。然後，那聲音又突然以另一種調子令人震驚地呼叫起來。「聽呀！」那聲音像喇叭，「聽呀！」他們聽著。過了一會兒，那聲音又降為一種低語繼續說著。可那低語卻比最高亢的聲音還要動人心魂。「那更偉大的存在的腳步。」那低語繼續重複，說到「那更偉大的存在的腳步」時幾乎聽不見了。「那更偉大的存在的腳步已經來到樓梯上。」又是寂靜。那暫時鬆懈的期望又繃緊了，越來越緊，越來越緊，幾乎要綳斷了。更為偉大的存在的腳步——哦，他們聽見了，聽見了，從樓梯上款款地走下來了，從看不見的樓梯上逐漸走近了。更偉大的存在的腳步突然來到了斷裂點，摩根娜·羅斯柴爾德瞪大眼睛，張大嘴巴，跳了起來。

「我聽見他了，」她叫道，「我聽見他了。」

「他來了。」薩洛妮季·恩格斯叫了起來。

「對，他來了，我聽見他的聲音了。」菲菲·布拉勞芙和湯姆·川口兩人同時跳了起來。

「哦，哦，哦！」喬安娜也來含糊不清地作證。

「他來了！」吉姆·波坎諾夫斯基高叫。

組長身子前傾，按了一下，放出了一片鐃鈸的囈語、銅管的高腔和鼓點的急響。

「啊，他來了！」克拉拉·笛特汀尖叫著。「啊咦——！」彷彿有人割著她的喉嚨。

伯納覺得該是他有所動作的時候了，便也跳了起來叫道：「我聽見了，他來了。」可他那話是假的，他什麼也沒聽見，也沒有覺得有誰到來。誰也沒有——儘管有那樣的音樂，儘管大家越來越激動。他一個勁地揮舞著雙手，跟著他們之中最激動的人大喊大叫；別人開始手舞腳踏地亂蹦；他也手舞腳蹈地亂蹦。

他們圍成了一圈，轉著圈子跳起舞來。每個人的手扶住前面人的腰，一圈又一圈地跳著，齊聲呼喊著，腳下踏著音樂的節拍，然後用手拍打著前面人的屁股；十二雙手統一地拍打，拍得十二個屁股啪啪山響。十二個人合成了一個，十二合一了。「我聽見他了，我聽見他來了。」音樂加快了，步伐加快了，拍手的節奏也加快了。突然，一種合成低音嗡嗡地唱出了話語，宣布了贖罪的降臨、團結的完成、十二合一的到來。十二合一就是偉大存在的肉身體現。那低音唱道：「歡快呀淋漓。」鼓點嘭，嘭，繼續敲打出狂熱的節奏：

「歡快呀淋漓，快活呀佛特，親親大女孩，親得她合為一，
女孩和小伙子靜靜地偎依，發洩呀狂喜，痛快又淋漓。」

「歡快呀淋漓，」舞蹈者跟著禱告詞的疊句唱了起來，「快活呀佛特，親親大女孩……」唱著唱著燈光慢慢暗轉了——暗轉了，同時溫暖起來，甜美起來，更紅了，最後他們已是在胚胎庫的紅色朦朧中舞蹈。「歡快呀淋漓。」舞蹈者在他們那胚胎的血紅的昏暗中繼續轉了幾圈，敲打著不知疲倦的節奏。「歡快呀淋漓……」終於，那圓圈動搖了，分散了，配對兒躺到了周圍的睡榻上——那些睡榻繞著桌子和它周圍的椅子圍成了一圈又一圈。「歡快呀淋漓……」那深沉的聲音溫柔地低吟著，細語著；昏暗的紅色中彷佛有一隻碩大無比的黑鴿子，愛意殷勤地懸浮在此刻俯仰顛倒的跳舞的人上空。

他們倆站在屋頂上。大亨利剛唱過十一點。夜平靜而溫暖。

「真美妙，是嗎？」菲菲·布拉勞芙說「確實美妙極了是嗎？」她一臉興奮淋漓的表情望著

伯納，那歡樂裡再沒有絲毫激動或興奮的跡象——因為興奮意味著沒有饜足，而她所得到的卻是完成之後的狂歡，心滿意足的平靜。那平靜不是空洞的滿足與無聊，而是勻稱的生命和獲得休息與平衡的精力，是一種豐富而生動的平靜。因為團結祈禱式既是索取也是給予，索取原是為了補償。菲菲充實了，菲菲完美了，她仍然感情洋溢，喜不自勝。「你不覺得美妙嗎？」她用她閃耀著超自然光芒的眼睛望著伯納的臉，盯著他問。

「美妙，我覺得很美妙，」他望著一邊，撒了個謊。他那張不自然的臉對他那分裂的性格既是指斥，也是諷刺性的暴露。他現在仍孤獨得痛苦，跟開始祈禱時一樣——由於沒有得到救贖的空虛和死板的饜足，他反倒覺得更加孤獨了。在別人融匯成更偉大的存在時，他卻處於局外，沒有得到救贖；即使在摩根娜的懷抱裡他也孤獨——實際上更為孤獨，比平生任何時候都更加絕望的孤獨。他是帶著強化到痛苦程度的自我意識從猩紅的昏暗中進入普通的電燈光裡的。他透體悲涼。也許那得怪他自己（她那閃亮的眼睛指責著他）「很美妙。」他重複道。可是他唯一能夠想起的卻是摩根娜那一道眉毛。

第六章

古怪，古怪，太古怪，這是蕾妮娜對伯納．馬克思所下的斷語。太古怪，以後的幾個星期，她曾不止一次地考慮要不要改變跟他到墨西哥去旅遊的打算，而跟班尼特．胡佛一起到北極去。問題是她已經去過北極，去年夏天才跟喬治．埃澤爾去過，而且覺得那兒相當難受。無事可做。旅館又老式得要命。寢室裡沒有配備電視，沒有香味樂器，只有最討厭的合成音樂，兩千多客人只有二十五個自動扶梯手球場。不行，她絕對不能再到北極去玩。何況她還只去過美國一次，去得多麼糟糕！只在紐約過了一個廉價的週末，是跟尚．雅克．哈比布拉還是跟波坎諾夫斯基．瓊斯去的她已經不記得了，可那畢竟一點也不重要。再到西方去整整過一個禮拜，對她還是很有吸引力的。何況其中至少可以有三天在野蠻人保留地度過——那地方在整個胎孕中心只有六七個人去過。她知道伯納是個正阿爾法，心理學家，是少數幾個有被批准資格的人之一。對她說來，那是個罕見的機會。而伯納的古怪也罕見，要接受伯納，她感到猶豫，實際上，她還考慮過冒一冒險，跟有趣的老班尼特再去一趟北極。班尼特至少是正常的，而伯納卻……

芬妮對每一種怪脾氣的解釋都是：「代血劑裡的酒精。」但是有天晚上蕾妮娜跟亨利一起在床上很焦急地談起了她那新情人時，亨利卻把可憐的伯納比做一頭犀牛。

「你可沒有法子教犀牛玩花樣，」他以他那簡短有力的風格解釋，「有些人簡直跟犀牛差不多，對於條件設置不能正常反應。可憐的怪物！伯納就是一個。幸好他業務還挺強，否則主任早開除他了。不過，」他安慰說，「我覺得他倒無傷大雅。」

無傷大雅，也許，可也叫人很不放心。首先，他那老幹私事的怪癖，實際上就是遊手好閒。一個人私下能夠有什麼可幹？（當然，除了上床之外，可人總不能一天到晚老上床的，）而床上能幹什麼？沒有多少可幹的。他們倆第一次出去那天天氣特別好。蕾妮娜建議去牛津聯合會去吃飯，然後到特奎鄉村俱樂部游泳，可是伯納嫌人多。那麼到聖安德魯斯去打電磁高爾夫呢？仍然不同意。玩電磁高爾夫總不能認為是浪費時間吧！「那麼時間是拿來幹什麼的呢？」蕾妮娜多少有些驚訝地問。

那顯然是到湖區去散步了。因為那就是他現在提出的建議。在斯基德的盡頭上岸，到石楠叢裡去轉一兩個小時。「跟你單獨在一起，蕾妮娜。」

「但是，伯納，我們整個晚上都要單獨在一起的。」

伯納紅了臉，望到了別處。「我的意思是，單獨在一起聊聊。」他嘟噥道。

「聊聊？可是聊什麼呀？」用散步聊天來消磨下午時光是一種奇怪的生活方式。

最後她總算說服了他，坐飛機到阿姆斯特丹去看女子重量級摔跤比賽四分之一決賽，儘管他很不情願。

「擠在一大堆人裡，」他嘟噥道，「跟平常一樣。」整個下午他一直頑固地保持悶悶不樂，不肯跟蕾妮娜的朋友談話。（在摔跤比賽的間隙裡到唆麻冰淇淋店去，他們遇見了好幾十個她的朋友）而且儘管他很不快活，卻絕對拒絕她勸他吃半克覆盆子冰淇淋唆麻。「我寧可當我自己，」他說，「當我這個討人嫌的自己，不當別人，不管他們多麼快活。」

「及時一克抵九克。」蕾妮娜說，拿出了睡眠中接受的智慧。

伯納不耐煩地推開了遞來的杯子。

「現在可別發你那脾氣，」她說，「記住，『只須吞下一小片，十種煩惱都不見』。」

「啊，別鬧了，為了佛特的緣故。」他叫了起來。

蕾妮娜聳了聳肩。

「與其受煩惱，不如唆麻好。」她尊嚴地下了結論，自己喝光了水果冰淇淋。

在他們倆回來路過英吉利海峽的時候，伯納堅持要關掉推進器，靠螺旋槳懸浮在海浪上空一百英尺的地方。天氣在變壞，刮起了西南風，天空很陰暗。

「看呀。」他命令道。

「太可怕了。」蕾妮娜說，從窗口縮了回來。那急速襲來的夜色的空曠，她身下那洶湧澎湃浪花飛濺的黑浪，在飛掠的雲層中露出蒼白的臉的煩惱憔悴的月亮，這些都叫她毛骨悚然。「咱們打開收音機吧，快！」她伸手去找儀表盤上的旋鈕，隨手打開了。

「……在你的心間，天空一片蔚藍，」十六個顫聲用假嗓唱著，「永遠晴空萬……」

那聲音打了一個嗝，停了——伯納關掉了電源。

「我想靜靜地看看海，」他說，「老聽著那討厭的聲音連海也看不好。」

「可音樂很好聽，而且我也不想看海。」

「可是我想看，」他堅持，「那叫我感到好像……」他猶豫了一下，搜尋著話語來表達自己意思，「更像是我自己了，你要是懂得我的意思的話。更像是由自己做主，不完全屬於別人的了，不光是一個社會集體的細胞了。你有這種感覺沒有，蕾妮娜？」

可是，蕾妮娜已經叫了起來。「太可怕了，太可怕了，」她反複大叫，「你怎麼能夠說那樣的話，不願意做社會集體的一部分？我們畢竟是人人為我，我為人人的。沒有別人我們是不行的。就連愛普塞隆……」

「是的，我懂。」伯納嗤之以鼻，「『就連愛普塞隆也有用處』，我也有用處。可我他媽的真恨不得沒有用處！」

他這番褻瀆的話，叫蕾妮娜大吃了一驚。「伯納！」她抗議道，聲音恐怖而痛苦。「你怎麼能夠這樣講？」

「我怎麼不能這樣講？」他換了一種調子沉思著說，「不，真正的問題還在：我為什麼就不能夠講？或者不如說——因為我非常清楚我為什麼不能講——我如果能講又會怎麼樣，如果我是自由的，沒有變成為我設置的條件的奴隸的話。」

「可是伯納，你說的話太駭人聽聞了。」

「你就不希望自己自由嗎，蕾妮娜？」

「我不明白你的意思，我本來就是自由的，有玩個痛快的自由。現在每個人都很幸福。」

他哈哈大笑。「不錯，『現在每個人都很幸福』，我們從五歲就這樣教育孩子。可是，你就不喜歡以另外一種方式自由自在地選擇幸福嗎，蕾妮娜？比如，以你自己的方式，而不以其他任何人的方式？」

「我不懂你的意思，」她向他轉過身子重複道，「啊，我們回去吧，伯納，」她乞求他，「我非常討厭這地方。」

「你不是喜歡跟我在一起嗎？」

「當然喜歡，伯納。我不喜歡的是這可怕的地方。」

「我還以為我們在這兒彼此更接近呢——除了大海和月亮什麼都沒有，比在人群裡接近得多，甚至比在我屋裡還接近。你明白我的意思嗎？」

「我什麼都不明白。」她肯定，決心不讓她那糊塗頭腦受到玷污。「什麼都不，一點也不，」她換了個調子說下去，「你發現那些可怕的念頭時為什麼不吃點唆麻？那你就能把它們全忘掉，就只會快活，不會痛苦了。非常快活。」她重複一句，微笑了。儘管她眼裡仍有迷惑和焦急，卻還希望以她的微笑的魅力和冶艷勸服他。

他一聲不響盯著她看了一會兒，臉上非常嚴肅，沒有反應。幾秒鐘過去，蕾妮娜退縮了，發出一聲神經質的短笑，想找點話說，卻沒有找到。沉默繼續。

伯納終於說話了，聲音低而厭倦。「那好，我們回去吧。」他猛踩加速器，把飛機像火箭一樣送上了天空。兩人在天上飛了一兩分鐘，伯納突然哈哈大笑。稀奇古怪，蕾妮娜想。可他畢竟是在笑。

「覺得好過些了嗎？」她鼓起勇氣問道。

作為回答，他抬起一隻手，離開了操縱系統，摟住了她，開始玩弄她的乳房。

「謝謝佛特，」她心想，「他又正常了。」

半小時之後，他倆回到了伯納的屋子裡。

伯納一口吞下了四片唆麻，打開收音機和電視，開始脫衣服。

兩人第二天下午在屋頂上見面時，蕾妮娜故作調皮地問道，「你覺得昨天好玩嗎？」

伯納點點頭。兩人上了飛機。一陣微震，他們已經出發。

「大家都說我極其有靈氣。」蕾妮娜拍著兩腿，若有所思地說。

「極其有靈氣，」但是伯納的眼裡卻是痛苦的表情，「像個肉體。」他想。

她帶著幾分焦急抬頭看他。「但是你不會認為我太豐滿吧？」

他搖搖頭，就像那麼大一個肉體。

「你覺得我可愛。」又是點點頭。「各方面都可愛嗎？」

「無懈可擊。」他大聲說。心裡卻想，「她自以為是，並不在乎當一個肉體。」

蕾妮娜勝利地笑了。但是她滿意得太早。

「可照樣，」伯納稍停之後說了下去，「我仍然很希望昨天換個方式結束。」

「不同？還能有什麼別的方式結束嗎？」

「我希望不是以我倆上床結束。」他解釋道。

蕾妮娜大吃一驚。

「不是立即上床，頭一天就上床。」

「可那樣……」

他開始說起許多玄妙的廢話；蕾妮娜盡可能堵住自己心靈的耳朵，可總有些話會鑽進來。「……看看控制我的衝動以後會怎麼樣，」她聽見他說，那些話彷彿觸動了她心裡的一根彈簧。

「今朝有樂事，何必推明天，」她鄭重地說。

「一周兩次，從十四點到十六點半，每回重複兩百次。」這是他的評價。他那瘋狂的錯誤言論隨意發表下去。「我想知道什麼是激情，」她聽見他說，「我想要產生強烈的感受。」

「個人一動感情，社會就難穩定。」蕾妮娜斷定。

「唔，讓社會搖晃一下，為什麼就不可以？」

「伯納！」

可是，伯納仍然不覺得羞恥。

「智力和工作是成年人，」他繼續說，「感受和欲望卻是孩子。」

「我們的佛特喜歡孩子。」

他對她的打岔置之不理。

「那天我突然想到，」伯納說下去，「要永遠保持成人狀態還是可能的。」

「我不明白。」蕾妮娜的口氣堅定。

「我知道你不會明白。也就是因為這個我們昨天才上了床的——跟小娃娃一樣。不像大人能夠等待。」

「可我們這樣很有趣，」蕾妮娜堅持自己的意見。「不是嗎？」

「最有趣不過了。」他回答，但那聲音卻非常憂傷，表情裡有深沉的痛苦。蕾妮娜覺得她的勝利突然煙消雲散了。說到底，他也許嫌她太胖吧。

蕾妮娜找芬妮談心事。「我早告訴過你了。」芬妮說，「全都是因為在他的代血劑裡多加了酒精。」

「可都一樣，」蕾妮娜堅持自己的意見，「我喜歡他。他的手太叫人心愛了。還有他晃動肩頭的樣子——非常有魅力，」她嘆了一口氣，「可是，我希望他不那麼稀奇古怪。」

伯納在主任辦公室門口站了一會兒，吸了一口氣，挺起了胸脯，準備面對抵觸和反對——他知道進了屋是一定會遇見的。他敲了敲門，進去了。

「請你簽個字批准，主任。」他盡可能堆出笑容說，把證件放到寫字臺上。

主任不高興地望了他一眼。但是證件頂上是世界總統官邸的大印，底下是穆斯塔法·蒙德的簽名，字體粗黑，橫貫全頁，手續完備，清清楚楚。主任沒有別的選擇。他用鉛筆簽上了他的姓名的第一個字母——簽在穆斯塔法·蒙德下面，兩個寒磣的灰溜溜的小字母。他正打算不說話，也不說「佛特保佑」就把證件還給他，卻看見了證件正文裡的幾句話。

「到新墨西哥的保留地去？」他說話的口氣和對伯納抬起的面孔都表現出帶著激動的驚訝。

他的驚訝使伯納吃了一驚。伯納點了點頭。沉默了片刻。

主任皺起眉頭，身子往後一靠。「那是多久以前的事了？」他與其說是在對伯納說，毋寧說是對自己說。「二十年了吧，我看。差不多二十五年了。我那時準是在你的年齡……」他嘆了口氣，搖了搖頭。

伯納覺得非常彆扭。像主任那樣遵循傳統，那樣規行矩步的人——竟然會這樣嚴重地失態！他不禁想捂住自己的臉，跑出屋去。倒不是親眼看見別人談起遙遠的過去有什麼本質上令人厭惡的東西——那是睡眠教育的偏見，那是他自以為已經完全擺脫了的。叫他感到不好意思的是他知道主任不贊成這一套——既然不贊成，為什麼又失於檢點，去幹禁止的事呢？是受到了什麼內在壓力了呢？伯納儘管彆扭，卻迫切地聽著。

「那時我跟你的想法一樣，」主任說，「想去看看野蠻人。我弄到了去新墨西哥的批准書，打算到那兒去過暑假，跟我那時的女朋友一起。那是一個負貝塔，我覺得，」（他閉上了眼睛）「我覺得她的頭髮是黃色的，總之很有靈氣，特別有靈氣，這我記得。喏，我們到了那兒，看見了野蠻人，騎了馬到處跑，做了些諸如此類的事。然後，幾乎就在我假期的最後一天，你瞧，她失蹤了。我們倆在那些叫人噁心的山上騎馬玩，天熱得可怕，又悶。午飯後我們去睡了。至少我是睡了。她肯定是一個人散步去了。總而言之，我醒來時她不在家。而那時我所遇到過的最可怕的風暴正在我們頭上暴發。雷聲隆隆，電光閃閃，傾盆大雨。我們的馬掙脫韁繩逃掉了。我想抓住馬，卻摔倒了，傷了膝蓋，幾乎不能走路。我仍然一邊喊一邊找，一邊喊一邊找。可是什麼跡象都沒有找到。我猜想她說不定已經一個人回去了，又沿著來時的路爬下山谷。我的膝蓋痛得要命，卻又弄丟了唆麻。我走了好幾個小時，直到半夜才回到住處，可是她仍然不在。」主任重複道，沉默了一會兒。「喏，」他終於說了下去，「第二天又找。仍然找不到。她一定是在什麼地方摔下了山溝裡，或是叫山上的獅子吃了。佛特知道！總之，那是很可怕的，我心裡難過極了，肯定超過了應有的限度——因為那種意外畢竟可能發生在任何人身上；而儘管構成社會的細胞可能變化，社會群體卻萬古長青。」但是這種睡眠教育的安慰似乎不大起作用。他搖搖頭，「實際上我有時候會夢見這事，」主任語調低沉地說下去，「夢見被隆隆的雷聲驚醒，發現她不見了；夢見自己在樹下找呀，找呀。」他沉默了，墮入了回憶。

「你一定是嚇壞了。」伯納幾乎要羨慕他了，說。

主任聽見他說話，猛然一驚，意識到了自己的處境，不安起來。他瞥了伯納一眼，滿臉通紅，回避著他的眼睛；又突然產生了疑心，瞥了他一眼；出於尊嚴，又再瞥了他一眼。「別胡思亂想。」他說，「別以為我跟那女孩有什麼不正當的關係。我們沒有感情，沒有拖泥帶水，完全是健康的、正常的。」他把批准書交給了伯納。「我真不知道為什麼會拿這件瑣事來讓你心煩。」他因為透露了一個不光彩的秘密對自己生了氣，卻把怒氣發洩到伯納身上。現在他的眼神已帶著明顯的惡意。「我想利用這個機會告訴你，馬克思先生，」他說了下去，「我收到了關於你的業餘行為的報告，我一點也不滿意。你可以認為這不關我的事，但是，它是我的事。我得考慮本中心的名聲。我的工作人員決不能受到懷疑，特別是最高種姓的人。阿爾法的條件設置是：他們的情感行為不必一定要像嬰兒，但是，正因如此，他們就該特別努力恪守習俗。他們的責任是要像嬰兒，即使不願意也得像。因此，馬克思先生，我給你一個公正的警告。」主任的聲音顫抖起來，他此時所表現的已是凜凜正氣和無私的憤怒了——已是代表著社會本身的反對。「如果我再聽見你違背正常的、嬰兒行為的規範，我就要請求把你調到下級中心去——很有可能是冰島。再見。」他在旋椅上一轉，抓起筆寫了起來。

「那可以給他個教訓。」他對自己說。

但是他錯了，因為伯納是大搖大擺離開屋子的，而且砰的一聲關上門時心裡很得意。他認為自己是在單槍匹馬向現存的秩序挑戰。因為意識到自己的意義和重要性，很為激動，甚至興高采烈。即使想到要受迫害也滿不在乎。他不但沒有洩氣，反倒是更加振作了。他覺得自己有足夠的力量面對痛苦，戰勝痛苦，甚至有足夠的力量面對冰島。因為他從來不相信人家真會要求他面對什麼，所以更有了信心。人是不會因為那樣的理由而調職的。冰島只不過是一種威脅，一種最刺激人、使人振奮的威脅。他沿著走廊走著，居然吹起了口哨。

他在談起那天晚上跟主任的會見時是自命英勇的。「然後，」他用這樣的話下了結論，「我叫他滾回到往昔的無底深淵去，然後大步踏出了房間。事實就是這樣——」他期待地望著赫姆霍茲．華生，等著他以同情、鼓勵和欽佩作為回答。

可是，赫姆霍茲只默默地望著地板，一言不發。

赫姆霍茲喜歡伯納。他感謝他，因為在他所認得的人裡，他是唯一可以就他心裡那個重要話題交換意見的。不過伯納身上也有他討厭的東西。比如他好吹牛，有時又夾雜著一種卑賤與自我憐憫；還有他那可鄙的「事後逞英雄，場外誇從容」的毛病。赫姆霍茲討厭這類東西——正是因為他喜歡伯納所以討厭它們。時間一秒一秒過去，赫姆霍茲繼續呆望著地板。伯納突然臉紅了，掉開了頭。

旅途風平浪靜。藍太平洋火箭在新奧爾良早了兩分半鐘，過德克薩斯州時遇上龍捲風耽誤了四分半鐘，但到西經九十五度又進入了一道有利的氣流，這就讓他們在到達聖塔菲時只遲了四十秒鐘。

「六小時半的飛行只遲到四十秒。不算壞。」蕾妮娜承認了。

那天晚上他們在聖塔菲睡覺。旅館很出色——比如，跟極光宮就有天壤之別，那簡直嚇壞人，去年夏天蕾妮娜在那兒受過許多苦。可這兒有吹拂的風，有電視、真空振動按摩、收音機、滾燙的咖啡因和溫暖的避孕用品；每間寢室都擺著八種不同的香水；他們進大廳時音箱正放著合成音樂。總之應有盡有。電梯裡的通知宣布旅館裡有六十個自動扶梯手球場，園林裡可以玩障礙高爾夫和電磁高爾夫。

「聽起來好像可愛極了，」蕾妮娜叫道，「我幾乎希望能夠在這兒長期待下去。六十個自動扶梯手球場……」

「到了保留地可就一個都沒有了，」伯納警告她，「而且沒有香水，沒有電視，甚至沒有熱水。你要是怕受不了，就留在這兒等我回來吧。」

蕾妮娜聽了很生氣：「我當然受得了。我只不過說這兒很好，因為……因為進步是可愛的，對不對？」

「從十三歲到十七歲，每週重複五百次。」伯納厭倦地說，彷彿是自言自語。

「你說什麼？」

「我是說過去的進步是可愛的。那正是你現在不能去保留地的理由，除非你真想去。」

「可是我的確想去。」

「那好。」伯納說，這話幾乎是一個威脅。

他們的批准書需要總監簽字，兩人第二天早上就來到了總監的辦公室。一個正愛普塞隆黑人門房把他們的名片送了進去，他們倆幾乎立即就受到了接待。

總監是個金頭髮白皮膚的負阿爾法。矮個兒、臉短而圓，像月亮、粉紅色，肩膀寬闊，聲音高亢而多共鳴，嫻於表達睡眠教育的智慧。他是座裝滿了七零八碎的消息和不請自來的友誼忠告的礦山。話匣子一打開就沒完沒了——共鳴腔嗡嗡地響。

「……五十六萬平方公里明確劃分為四個明確區別的保留區，每個區都由高壓電網隔離。」

這時伯納卻毫無理由地想起了他讓浴室裡的古龍香水龍頭大開著，香水不斷在流。

「……高壓電是由大峽谷水電站供應的。」

「我回去時怕要花掉一筆財富呢。」他心裡的眼睛看見那香水指針一圈一圈不疲倦地走著，像螞蟻一樣。「趕快給赫姆霍茲．華生打個電話。」

「……五千多公里的電網，電壓六千伏特。」

「真的嗎？」蕾妮娜禮貌地說。她並不真正明白總監說的是什麼，只按照他那戲劇性的停頓做出的暗示表現反應。她在那總監的大嗓門開始嗡嗡響時就已經悄悄吞服了半克唆麻，現在可以心平氣和地坐著不聽，只把她那藍色的大眼睛好像很入神地盯住總監的臉。

「一接觸到電網就意味著死亡，」總監莊嚴地宣布，他鄭重地說：「要想從保留地逃出是絕對辦不到的。」

「逃」給了他暗示。「也許，」伯納欠起身子，「我們應該考慮告辭了。」那小黑針在匆匆走著。那是一隻蟲子，嚙食著時間，吞噬著他的錢。

「逃是逃不掉的。」總監重複那話，揮手叫他們坐回椅子。伯納只好服從，批准書畢竟還沒有簽字。「那些在保留地裡出生的人，記住，記住，親愛的小姐，」他淫褻地望了蕾妮娜一眼，用一種不老實的低聲說，「記住，在保留地，孩子還是生下來的。是的，雖然，叫人噁心，實際上還是生下來的……」（他希望提起這個話題會叫蕾妮娜臉紅，但是她只裝做聰明的樣子微笑著說，「真的嗎？」總監失望了，又接了下去。）「在保留地出生的人都是註定要在保留地死去的。」

註定要死……一分鐘一公合古龍香水，一小時六公升。

「也許，」伯納再做努力，「我們應該……」

總監躬起身來用食指敲著桌子，「你問我我的人在保留地是怎麼生活的，我的回答是」——得意揚揚地——「不知道。我們只能猜測。」

「真的？」

「我親愛的小姐，真的。」

六乘以二十四——不，差不多已是六乘以三十六了。伯納蒼白了臉，著急得發抖。可那個嗡嗡的聲音還在無情地繼續著。

「……大約有六萬印第安人和混血兒……絕對的野蠻人……我們的檢查官有時會去訪問……除此之外跟文明世界就沒有任何往來……還保留著他們那些令人厭惡的習慣和風俗……婚姻，如果你知道那是什麼的話，親愛的小姐；家庭……沒有條件設計……駭人聽聞的迷信……基督教、圖騰崇拜還有祖先崇拜……死去的語言，比如祖尼語和西班牙語，阿塔帕斯坎語……美洲豹、箭豬和其他的兇猛動物……傳染病……祭司……毒蜥蜴……」

「真的嗎？」

他們終於走掉了。伯納衝到電話面前。快，快，可是光跟赫姆霍茲接通電話就費了他幾乎三分鐘時間。「我們已經好像在野蠻人中了，」他抱怨道，「他媽的，沒有效率！」

「來一克吧。」蕾妮娜建議。

他拒絕了，寧可生氣。最後，謝謝佛特，接通了，是赫姆霍茲。他向赫姆霍茲解釋了已經發生的事，赫姆霍茲答應立即去關掉龍頭，立即去，是的，立即去。但是赫姆霍茲卻抓住機會告訴了他主任在昨天夜裡會上的話……

「什麼？他在物色人選取代我的工作？」伯納的聲音很痛苦。「那麼已經決定了？他提到冰島沒有？你是說提到了？佛特呀！冰島……」他掛上聽筒轉身對著蕾妮娜，面孔蒼白，表情十分沮喪。

「怎麼回事？」她問。

「怎麼回事？」他重重地跌倒在椅子裡。「我要給調到冰島去了。」

他以前曾經多次設想過，不用吞唆麻而全靠內在的才能來接受某種嚴重的考驗，體驗受到某種痛苦、某種迫害是怎麼回事；他甚至渴望過苦難。就在一週以前，在主任的辦公室裡他還曾想像自己做了英勇的反抗，像苦行僧一樣默默承受過苦難。主任的威脅實際上叫他得意，讓他覺得自己比實際高大了許多。可他現在才明白，他並不曾嚴肅地考慮過威脅。他不相信主任到時候真會採取任何行動。可現在看來那威脅好像真要實行了。

伯納嚇壞了。他想像中的苦行主義和理論上的勇氣已經報銷光了。

他對自己大發雷霆——多麼愚蠢！竟然對主任發起脾氣來，不給他另外的機會，那無疑是他一向就想得到的。多麼不公平。可是冰島，冰島……

蕾妮娜搖搖頭。「過去和未來叫我心煩，」她引用經典道，「吞下唆麻只剩下眼前。」最後她說服他吞下了四克唆麻。五分鐘以後根柢和果實全部消除，眼前綻放出了粉紅色的花朵。門房送來了消息，按照總監的命令，一個保留地衛士已開來一部飛機，在旅館房頂待命。他們立即上了房頂。一個穿伽瑪綠制服的八分之一混血兒敬了個禮，開始報告早上的日程。

他們先要鳥瞰十來個主要的印第安村莊，然後在馬培斯谷降落，吃午飯。那裡的賓館比較舒服。而在上面的印第安村莊裡，野蠻人可能要慶祝夏令節，在那兒過夜最好。

他們上了飛機出發，幾分鐘之後已經跨過了文明與野蠻的邊界。

他們時起時伏地飛著，飛過了鹽漠、沙漠、森林，進入了大峽谷的紫羅蘭色的深處；飛過了峰巒、山岩和崖頂蟵。電網連綿不斷，是一條不可抗拒的直線，一個象徵了人類征服意志的幾何圖形。在電網之下零零星星點綴著白骨，黃褐色的背景襯托出了還沒有完全腐爛的黑色屍體，說明受到腐屍氣味引誘的鹿、小公牛、美洲豹、箭豬、郊狼，或是貪婪的禿鷹太靠近了毀滅性的電線，挨了電殛，彷彿遭到了報應。

「他們從來不會吸取教訓，」穿綠色制服的駕駛員指著機下地面的累累白骨說，「也從來不打算吸取教訓，」他又加上一句，笑了，彷彿是他自己擊敗了被電殛而死的動物。

伯納也笑了，吞過兩克唆麻之後那玩笑由於某種理由似乎風趣起來了。但他剛笑完卻幾乎馬上便睡著了。他在睡夢中飛過了陶斯、特斯克，飛過了南姆和匹古里司和波夏格，飛過了西雅和克奇逖，飛過了拉固納和阿括馬和為魔法控制的崖頂，飛過了祖尼和奇撥拉和奧左嘉連特。等他終於醒來時發現飛機已在地面降落，蕾妮娜正把提箱提到一間方形的小屋裡去，那穿枷瑪綠的八分之一混血兒正跟一個年輕的印第安人用他們聽不懂的話交談。

「馬培斯，」伯納下飛機時駕駛員解釋道，「這就是賓館。今天下午在印第安村裡有一場舞蹈，由他帶你們去。」他指著那個陰沉著臉的年輕野人說。「我希望你們會感到興趣。」駕駛員咧開嘴笑了。「他們幹的事都很有趣。」說完便上了飛機，發動了引擎。「我明天回來接你們，記住，」他向蕾妮娜保證說，「野蠻人都非常馴服；對你們是不會有絲毫傷害的。他們有過太多挨毒氣彈的經驗，懂得不能夠玩任何花頭。」他仍然笑著，給直升機螺旋槳掛了擋，一踏加速器飛走了。

第七章

崖頂像一艘靜靜停泊在獅黃沙礫的海灣邊的船。峽谷迤邐在陡峭的谷岸裡，谷裡一道道崖壁逐漸矮去，露出一帶綠色——那是河流和它的原野。海峽正中的石船頭上，伸出一片幾何圖形的光溜溜的整齊的山崖，馬培斯印第安人村就在那裡，好像是石船的一部分。那高高的房屋一幢一幢直往藍天伸去，越高越小，宛如一級一級砍掉了角的金字塔。腳下是七零八落的矮屋的縱橫交錯的牆壁。懸崖峭壁從三面直落平原。沒有風，幾縷炊煙筆直地升上來，消失了。

「這兒很怪，」蕾妮娜說，「太怪了。」那是她表示譴責的一貫用語。「我不喜歡，那個人我也不喜歡。」她指著被指定帶他們上印第安村落去的嚮導。她的感覺顯然得到了回應。走在他們前面的人就連背也帶著敵意和陰沉的輕蔑。

「而且，」她放低了聲音說，「他有臭味。」

伯納沒有打算反對。他們往前走去。

突然，整個空氣都似乎活躍了起來，搏動起來，以不疲倦的脈衝跳動著——在上面，馬培斯，有人在打鼓。他們踏著那神秘的心跳的節拍，加快了步伐，沿著小徑來到了懸崖底下。那碩大的石原船的峭壁高聳在他們頭上，船舷距地面有三百公尺之高。

「我真恨不得能夠帶了飛機來，」蕾妮娜抬頭望著那高峻逼人的絕壁，氣惱地說，「我討厭走路，在高山下的地面上走路，叫人覺得渺小。」

他們在平頂山的陰影裡走過一段路，繞過一道突岩，崖水浸漬的峽谷中有一條小徑通向「艦艇軍官扶梯」。他們開始爬山。山道陡峭，在山谷兩邊拐來拐去。那搏動的鼓點有時幾乎聽不見了，有時又彷彿拐過彎就能看見。他們爬到半山，一隻蒼鷹貼面飛過，翅膀扇來一陣寒風，吹到他們臉上。岩石的縫隙裡有一堆猙獰可怕的白骨。一切都奇怪得通人。印第安人的氣味越來越濃。他們終於走出峽谷，進入陽光。山頂是一塊平坦的「甲板」。

「跟切林T字架大樓一樣。」蕾妮娜評價道。但是她卻沒有多少機會欣賞這個令她欣慰的發現，一陣軟底的腳步聲叫他們轉過了身子。兩個印第安人跑了過來。兩人都從喉嚨赤裸到肚臍，黑褐色的身子上畫著白線（像鋪瀝青的網球場，蕾妮娜後來解釋說），臉上塗滿朱紅、漆黑和黃褐，已經不像人樣。黑頭髮用狐狸毛和紅色的法蘭絨編成鞭子，肩膀上撲扇著火雞毛，巨大的翎冠在他們頭頂鮮艷地撒開。銀手鐲、骨項鍊和綠松石珠子隨著每一步運動叮噹作響。兩個人踏著鹿皮靴一聲不響地跑上前來。有一個手上拿了一把羽毛撣子，另一個一隻手各抓了三四條遠看像是粗繩的東西，其中一條不舒服地扭動著。蕾妮娜突然發現那是蛇。

兩人越走越近；他們的黑眼睛望見了她，卻沒有絲毫認識、看見、或意識到她的存在的表情。那扭動的蛇懶懶地垂了下去，跟別的蛇一樣了。兩人走掉了。

「我不喜歡，」蕾妮娜說，「不喜歡。」

嚮導把他們倆扔在那兒自己接受指示去了。更叫她不喜歡的東西正在石塘門口等待著她。首先是垃圾堆、灰塵、狗和蒼蠅。她的臉皺成了一團，表現了厭惡，用手絹捂住了嘴。

「他們這樣怎麼能夠過日子？」她憤憤地叫出聲來，難以相信。（太不像話了。）

伯納帶哲學意味地聳了聳肩。「可畢竟，在已經過去的五六千年裡他們就是這樣過的。因此我估計他們現在早習慣了。」

「但是『清潔衛生與佛特為鄰』。」她堅持說。

「是的，『文明衛生就是消毒殺菌』。」伯納接了下去，他用諷刺的口吻重複著睡眠教育裡的衛生基礎知識第二課。「可是，這些人從來沒有聽說過我們的佛特，也不文明衛生。因此說這話毫無……」

「啊！」她抓住他的胳臂，「看！」

一個幾乎全裸的印第安人正從附近一幢房子二樓樓梯上非常緩慢地往下爬——一個非常衰老的人，謹慎地一級一級顫巍巍地往下挪。臉很黑，有很深的皺紋，好像個黑曜石的面具。沒牙的嘴癟了下去。嘴角與下巴兩側有幾根長鬍子，叫黑皮膚一襯，閃著幾乎是白色的光。沒有編辮的頭髮披散下來，垂在臉上，呈一綹綹的灰白。他全身佝僂，瘦骨嶙峋，幾乎沒有肉。他非常緩慢地下著樓梯，每冒險踏出一步都要在梯子橫檔上停一停。

「他怎麼了？」蕾妮娜低聲地說，因為恐怖和驚訝瞪大了眼睛。

「他只不過是老了而已。」帕納盡可能滿不在乎地回答。

他也感到震驚，卻竭力裝出無動於衷的樣子。

「老了？」她重複道，「可是主任也老了，許多人都老了，卻都不像那樣。」

「那是因為我們不讓他們像那樣。我們給他們保健，不讓他們生病，人工維持他們的內分泌，使內分泌平衡，像年輕人一樣。我們不讓他們的鎂鈣比值降低到三十歲時以下。我們給他們輸進年輕人的血液，保證他們的新陳代謝永遠活躍。因此他們就不會老。還有，」他又說，「這兒大部分人還沒有活到這位老人的年齡就死了。很年輕，幾乎毫髮無損，然後，突然就完了。」

可蕾妮娜已經不再聽他的。她在看著那老頭。老頭非常緩慢地往下爬著，腳踩到了地上，轉過了身子。他那深陷在眼窩裡的眼睛異常明亮，沒有表情地望了她許久，並不驚訝，好像她根本不在那兒，然後才慢慢躬著身子從他們身邊擦過，趔趔趄趄走掉了。

「可這很可怕，」蕾妮娜低聲說，「很可怕。我們不該來的。」她到口袋裡去摸唆麻，卻發現由於從來沒有過的粗心把唆麻瓶忘在賓館裡了。伯納的口袋裡也是空的。

蕾妮娜只好孤苦無靠地面對馬培斯的種種恐怖，而恐怖也確實接踵而至。兩個年輕的婦女給孩子餵奶臊得她轉過了臉。她一輩子也沒有見過這麼猥褻的事。更糟糕的是，伯納對這令人作嘔的胎生場面不但不是巧妙地置之不理，反倒公開發表起了意見。唆麻效力已經過去，他已為早上在賓館的軟弱表現感到羞恥，便一反常態，表現起自己的堅強與非正統來。

「這種親密關係多麼美妙呀，」他故意叫人難堪地說，「它會激發出多麼深厚的感情呀！我常常在想，我們因為沒有母親可能失去了什麼，而你因為沒有做過母親也可能失去了一些東西，蕾妮娜。想像你自己坐在那兒餵著自己的嬰兒吧……。」

「伯納！你怎麼能這樣？」一個患結膜炎和皮膚病的老年婦女吸引了她的注意，岔開了她的義憤。「咱們走吧，」她求他，「我不喜歡這兒。」

但這時他們的嚮導已經回來。他招呼他們跟在身後，帶著他們沿著房屋之間的狹窄街道走去，繞過了一個街角。一條死狗躺在垃圾堆上；一個長著瘤子的婦女正在一個小女孩的頭髮裡捉蝨子。嚮導在一架梯子旁邊停住了，用手垂直一舉，然後向水平方向一揮。他們按照他的無言指示做——爬上了梯子，穿過了梯子通向的門，進了一個狹長的房間。房間相當暗，發出煙味、煮過的油膩味、穿了很久沒洗的衣服味。房間的那頭又是一道門。陽光與鼓聲便是從那道門傳送來的。鼓聲很響亮，很近。

他們跨過門檻發現自己來到了一片廣闊的臺地上，下面就是印第安人的廣場。那裡擠滿了人，四面有高房包圍著。鮮亮的毛氈，黑頭髮裡的鳥翎，綠松石的閃光，熱得發亮的黑皮膚。蕾妮娜又拿手絹捂住了鼻子。廣場正中的空地上有兩個圓形的檯子，是石頭和夯實的土築成的，顯然是地下室的房頂。因為在每個臺子正中都開有一個樓梯口，一架樓梯還架在下面，伸向黑暗。地下有笛聲傳來，卻消失在持續不斷的殘忍的嘖嘖鼓點裡。

蕾妮娜喜歡那鼓聲。她閉上眼睛聽任自己被那輕柔反覆的雷鳴所左右，聽任它越來越完全地侵入她的意識，最後，除了那唯一的深沉的脈動聲，世界上便一無所有了。那聲音令她安慰地想起團結祈禱和佛特日慶祝活動的合成音樂。「歡快呀淋漓。」她悄悄地說道。這鼓點敲出的是同樣的節奏。

驚人的歌聲突然爆發——幾百條男性的喉嚨激烈地尖叫著，眾口一聲發出了刺耳的金屬般的合唱；幾個長音符，安靜了——雷鳴般的鼓點之後的安靜。然後便是女人的回答，唱的是最高音，尖利得像馬嘶。接著又是鼓點。男人們再一次用深沉的聲音野蠻地證實了男子漢氣概。

怪，是的。這種地方真怪，音樂怪，衣服、瘤子、皮膚病和老年人都怪。但是那表演卻似乎並不特別怪。「叫我想起低種姓的社區合唱。」她對伯納說。

可是，不久以後那合唱令她想起的卻不是那種無害的效果了。因為有一群猙獰的魔鬼突然從那圓形的地下室裡冒了出來。他們帶著恐怖的面具，畫出非人的臉像，繞著廣場跳著一種奇怪的瘸腿舞。他們載歌載舞，一圈又一圈地跳著，唱著，一圈又一圈，一圈比一圈快。鼓聲變了，節奏加快了，聽上去好像發燒時的脈搏跳動。周圍的人也跟著唱了起來，聲音越來 越大。一個女人開始尖叫，接著便一個又一個都尖叫起來，好像有人要殺她們。然後領舞的人離開了隊伍，跑到廣場盡頭一個大水櫃子旁邊，打開蓋子，抓出了兩條黑蛇。人群嗚哇一聲大叫起來，其他的舞人全都兩手前伸，向他跑去。那人把蛇拋向了跑來的第一群人，又伸手到櫃子裡去抓。越來越多的黑蛇、黃蛇和花蛇被扔了出來。舞蹈以另一種節奏重新開始。人們抓住蛇一圈又一圈跳著，膝蓋和腰像蛇一樣柔和地扭動著。然後領舞人發出信號，人們又把蛇一條又一條扔向廣場中心。一個老頭從地下室出來了，把玉米片撒到蛇身上。另一個婦女又從另一個地下室鑽了出來，把一黑罐水灑到蛇身上。然後老頭舉起了雙手。出現了驚人的、意外的、絕對的寂靜。鼓聲停止了，生命也似乎停止了。老頭用手指了指兩個通向地下世界的洞口，這時從一個洞口出現了一隻畫成的鷹，像是被一隻看不見的手舉起的；從另一個洞口出現了一個釘在十字架上的赤裸的人的畫像。兩幅畫懸在那裡，好像靠自己的力量支撐著，在打量著人群。老人拍拍手，一個大約十八歲的小伙子走出人群。他除了腰上一塊白棉布，全身一絲不掛。小伙子在胸前交叉了兩手，低頭站到老人面前。老人在他頭上畫了一個十字，轉過身子。小伙子繞著那堆扭來扭去的蛇慢吞吞地轉起圈來。第一圈轉完，第二圈才轉了一半，一個人走出了跳舞的人群。那人高個子，戴一個郊狼面具，手上拿一根皮帶編成的鞭子，向小伙子走去。小伙子繼續轉著圈，彷彿不知道那人的存在。郊狼人舉起鞭子，等了許久，一個猛烈的動作，一聲呼嘯，鞭子響亮地抽打在皮肉上。小伙子身子一抖，卻沒有出聲，繼續用同樣緩慢穩定的步伐轉著圈。郊狼又是一鞭，再是一鞭，鞭子抽時人群起初倒抽了一口氣，接著便發出了低沉的呻吟。小伙子繼續走。一圈，兩圈，三圈，他圍著圈子走了四圈，流起血來。五圈，六圈。蕾妮娜突然用手捂住了自己的臉啜泣了。「啊，叫他們別打了，別打了，別打了！」她哀求道。但是鞭子一鞭又一鞭無情地抽著，七圈。小伙子突然打了一個趔趄，卻仍然沒有出聲，只是撲倒了下去。老頭子俯身向他，用一根白色的長羽毛蘸了蘸他的背，舉起來讓人們看，鮮紅色。然後在蛇堆上晃了三晃。幾滴血灑落下來。鼓聲突然緊張匆忙地擂了起來；人們隨之大叫。舞人們向前撲去，抓起蛇跑出了廣場。男人、女人、孩子都跟著，一窩蜂全跑掉了。一會兒工夫廣場已經空了，只剩下了那小伙子還趴在倒下的地方，一動不動。三個老女人從一間屋裡走了出來，費了些力氣才扶起了他，帶進了屋子。空蕩蕩的印第安村莊裡只有那畫上的鷹和十字架上的人守望了一會兒。然後，他們也好像是看夠了，慢慢沉入地下室，去了陰間，看不見了。

蕾妮娜還在抽泣，「太可怕了。」她不斷地重複。伯納的一切安慰都沒有用。「太可怕了，那血！」她毛骨悚然。「啊，我希望帶著我的唆麻。」

內室裡有腳步聲傳來。

蕾妮娜沒有動，只用手捂住了臉坐在一邊不看。伯納轉過了身子。

現在來到臺地上的是一個穿印第安服裝的小伙子。但是他那編了辮子的頭髮卻是淺黃色的，眼睛是淡藍色的，已曬成青銅色的皮膚原是白色的。

「哈囉，日安，」陌生人用沒有毛病但有些特別的英語說，「你們是文明人，是嗎？從那邊，從保留地外面來的，是嗎？」

「你究竟……？」伯納大吃一驚，說話了。

小伙子嘆了口氣，搖搖頭，「一個最不幸的紳士。」他指著廣場正中的血跡說，「看見那倒楣的地方了嗎？」他問時聲音激動得發抖。

「與其受煩惱，不如唆麻好，」蕾妮娜還捂住臉，「我真希望帶著我的唆麻。」

「到那兒去的應該是我，」年輕人繼續說，「他們為什麼不拿我去做犧牲？我能夠走十圈，走十二圈，十五圈。帕羅提瓦只走了七圈。他們可以從我身上得到兩倍的血，把一碧無垠的海水染成殷紅。」他揮出雙臂誇張地做了個手勢，隨即失望地放了下來。「可是他們不肯讓我去。他們因為我的膚色而不喜歡我，他們一向這樣，一向如此。」青年的眼裡噙滿了淚水；他感到不好意思，轉開了身子。驚訝使蕾妮娜忘記了自己失去了唆麻。她放開了手，第一次看見了那青年。

「你是說你想要去挨鞭子嗎？」

年輕人仍然別開身子，卻做了個動作，表示肯定。「為了村子，為了求雨，為了莊稼生長，為了討菩公和耶穌的歡喜，也為了表現我能夠忍受痛苦，不哭不叫，我想挨鞭子。」他的聲音突然換了一種新的共鳴，一挺胸脯，驕傲地、挑戰地揚起了下巴，「為了表現我是個男子漢……啊！」他倒抽了一口氣，張著嘴，不說話了：他是平生第一次看見這樣一個女孩，面龐並非巧克力色或狗皮色；頭髮紅褐色，永遠鬈曲；臉上表現了溫厚的關懷（奇怪得驚人）！蕾妮娜對他笑著。多麼好看的小伙子，她在想，真正漂亮的身材。血湧上了小伙子的臉，他低下頭，好一會才抬了起來，卻發現她還在對他笑。他太激動了，只好掉開了頭，假裝專心望著廣場的對面……。

伯納提出的幾個問題岔開了他的注意。他問他是什麼人？從哪兒來的？為什麼來的？什麼時候來的？青年把眼睛盯在伯納臉上（他急於想看那女孩的微笑，卻簡直不敢看她），對自己的情況做了解釋。在保留地琳達（他媽媽，蕾妮娜一聽媽媽兩字就不好意思了）和他都是外來人。琳達是很久以前跟一個男人從「那邊」來的，那時他還沒有出生。那男人就是他的父親。（伯納豎起了耳朵。）琳達從那邊的山裡獨自往北方走，摔到了一道懸崖下面，腦袋受了傷。（「說吧，說吧，」伯納激動地說。）幾個從馬培斯去的獵人發現了她，把她帶回了村子。琳達從此再也沒有看見那個男人，他的父親。那人的名字叫湯瑪金（沒有錯，主任的名字就是湯瑪斯）。他一定是飛走了，沒有帶她就回到那另外的地方去了——那是個狠心的、不近人情的壞蛋。

「因此，我就在馬培斯出生了，」他結束了他的話，「在馬培斯出生了。」他搖了搖頭。

村莊附近那小屋可真骯髒！

一片滿是灰沙和垃圾的空地把這小屋跟村子分了開來。兩條饑餓的狗在小屋門前的垃圾裡不知羞恥地嗅著。他們走進屋裡，昏暗裡臭烘烘的，蒼蠅的嗡嗡聲很大。

「琳達。」年輕人叫道。

「來了。」一個很嘶啞的女聲回答。

他們等著。地上的幾個碗裡有吃剩的飯，說不定已是好幾頓剩下的了。門開了。一個非常肥壯的金髮白膚的印第安女人跨進了門檻，大張著嘴站在那兒，呆望著兩個生客，不敢相信。蕾妮娜厭惡地注意到，她已掉了兩顆門牙，還沒有掉的那些牙的顏色也……她起了雞皮疙瘩。比剛才那老頭子還糟。那麼胖，臉上那些線條，那鬆弛的皮肉，那皺紋，那下垂的臉皮上長著的淺紫色的疙瘩。還有充血的眼睛和鼻子上那紅色的血管。那脖子——那脖子：裹在頭上那毛氈——又破爛又骯髒。還有那棕色的口袋樣的短衫下的巨大的乳房和凸出的肚子，那腰身。啊，比那老頭糟糕多了，糟糕多了！那可憐的女人竟突然口中嘰哩呱啦說著，伸出雙手向他們跑來——佛特呀！佛特呀！那人竟緊緊地摟住了她，摟在她那乳房和大肚子上，還親她。太噁心了，再這樣下去她就要嘔吐了。那人唾沫滴答他親吻著她，滿身奇臭，顯然從來沒有洗過澡。還有那簡直跟放進德爾塔和愛普塞隆瓶裡的東西一樣的怪味（不，關於伯納的話不會是真的），肯定是酒精的味道。她盡快掙脫了她，躲開了。

她面前是一張哭得歪扭的髒臉。那老女人在哭。

「哦，親愛的，親愛的。」話語夾雜著哽咽，滔滔不絕。「你要是知道我有多麼高興就好了，這麼多年沒有見到過一張文明面孔，是的，沒有見到過一件文明衣服。我以為再也見不到真正的人造絲衣服了呢！」

她用指頭捻著蕾妮娜的襯衫袖子，指甲是黑色的。「還有這可愛的新膠天鵝絨的短褲！你知道嗎，我親愛的，我的那些老衣服還留著——我穿來的那些，保存在一個箱子裡，以後給你們看，儘管全都破了。還有非常可愛的白皮帶——雖然我不能不說你這摩洛哥皮綠皮帶更好。」她又開始流淚了。

「我估計約翰告訴過你了，我受過許多苦，而且一點唆麻都沒有。只有偶然喝點波培帶來的美賜可。波培是我認識的一個小伙子。但是喝過美賜可之後非常難受，美賜可本來就那樣。喝沛歐特叫人噁心，而且產生一種可怕的感覺，第二天更感到丟臉。我就覺得非常丟臉。你想想看，我，一個貝塔，竟然生了個孩子，你設身處地想想看。」

（只這麼提了一句，蕾妮娜已經嚇壞了。）

「雖然我可以發誓那不能怪我，因為我至今還不知道是怎麼回事，所有的馬爾薩斯操我都做了，總是按照順序，一、二、三、四全做，我發誓。可照樣出了事，當然，這兒是不會有人流中心的。順帶問一句，人流中心還在切爾席嗎？」她問，蕾妮娜點點頭。

「星期二和星期五還有泛光照明嗎？」蕾妮娜又點了點頭。

「那可愛的玻璃大樓呀！」可憐的琳達揚起臉閉上眼睛狂喜地想像著那回憶中的燦爛景象。

「還有河上的夜景。」老太婆低聲說。大顆大顆的淚珠從她緊閉的眼瞼後緩緩滲出。

「晚上從斯托克波吉飛回去，洗一個熱水澡，來一次真空振動按摩……哎，」她深深地吸了一口氣，搖了搖頭，又睜開了眼睛，用鼻子嗅了一兩下，用手指捏了鼻涕，揩在自己短襟上。

「啊，對不起。」她看見蕾妮娜下意識的厭惡表情，說，「對不起，我不該這麼做，可要是你，沒有手絹你又能怎麼辦？我記得當初那些骯髒多叫我生氣，所有的東西都沒有防腐。他們最初帶我來時我頭上有一個可怕的傷口。你就想像不出他們拿什麼東西塗在傷口上。污穢，只有污穢。『文明就是消毒，』我老對他們說，甚至對他們說順口溜，『鏈球菌馬兒右轉彎，轉到斑波里T字邊，T字邊去把什麼幹？看看漂亮的洗手間。』好像他們全是些娃娃。但是他們當然不會懂。他們怎麼會懂呢？看來我最後也就習慣了。何況沒有安熱水管，怎麼乾淨得了？你看這些衣服。這種醜八怪毛呢老穿不破，不像人造絲。而且按要求破了你還得補。可我是個貝塔，是在授精室工作的，誰也沒有教過我幹這種活兒，那不是我分內的事。何況那時候修補是一種錯誤。有了窟窿就扔掉，買新的。『越縫越窮』這話難道不對嗎？『修補』是反社會的行為。可在這兒就不同了。簡直像是跟瘋子生活在一起。他們幹的每一件事都是發瘋。」

她四面一望，見約翰和伯納已經離開了她，在屋子外面的灰沙和垃圾中走來走去，卻仍然放低了嗓門，機密地貓著腰靠了過來，蕾妮娜僵硬了身子退開了。老太婆那毒害胚胎的臭味吹動了蕾妮娜面頰上的汗毛。

「比如，」她低聲沙啞地說，「就拿他們這兒男女相處的方式來說吧。那是發瘋，絕對的發瘋。人人屬於彼此——他們會這樣嗎？會嗎？」她揪著蕾妮娜的袖子追問。

蕾妮娜把頭扭到一邊，點了點頭，出了一口氣（她剛才屏住了呼吸），設法吸了一口比較不太受污染的空氣。

「哼，人在這兒是不會屬於一個以上的人的。你要是按照常規接受男人，人家就說你壞，反社會，就會仇恨你，瞧不起你。有一回，一大批女人來找我大鬧了一場，因為她們的男人來看我。哼，為什麼不能來看我？然後，她們向我衝了過來……不，太可怕了！我沒法告訴你。」琳達用手遮住臉，嚇壞了。「這兒的女人非常可恨；她們瘋狂，瘋狂而且殘忍。她們當然不懂得馬爾薩斯操、培養瓶、換瓶和諸如此類的東西。太叫人受不了了。想想看，我居然……啊，佛特，佛特，佛特！可是約翰對我倒的確是個很大的安慰。要是沒有他我真不知道會幹出什麼事來。即使他常常因為有男人……而很傷心，就連還是個娃娃的時候，他也……有一回，他甚至因為我常跟可憐的朗西瓦——也許是波培？——睡覺，就想殺死他（不過，那時約翰已經大了一些）。因為我從來無法讓他懂得那是文明人應當做的事。我覺得瘋狂是會傳染的。總之，約翰似乎從印第安人那兒傳染了瘋病，當然，因為他跟他們一起的時候很多，儘管他們對他很惡劣，也不讓他做別的小伙子可以做的事。這在一定的意義上倒是好事。因為那可以讓我更容易為他設置條件。雖然你就不知道那有多麼困難。我不知道的東西太多了。我本來是沒有義務去知道那些事的。我是說，孩子問你，直升飛機是怎麼飛的，世界是什麼東西造的——你看，你如果是個一直就在授精室工作的貝塔，你怎麼回答？你能夠拿什麼話回答？」

第八章

外面，在沙塵和垃圾之中（那兒現在有四隻狗了），伯納在和約翰緩緩地走來走去。

「我很難明白，」伯納說，「也很難重新組合成印象。我們好像生活在不同的星球上，不同的世紀裡。有個母親，有這麼多骯髒，有上帝，有衰老，還有疾病……」他搖搖頭。「幾乎難以想像。我永遠也不會明白，除非你解釋清楚。」

「解釋什麼？」

「解釋這個，」他指著印第安村莊，「那個。」他指向村子外那間小屋。「解釋這一切。你們的生活。」

「那有什麼可解釋的？」

「從頭解釋起。解釋你能夠回憶起的一切。」

「我能夠回憶起的一切。」約翰皺起了眉頭，沉默了很久。

天氣炎熱，母子倆吃了很多玉米攤餅和甜玉米。琳達說，「來躺一躺，孩子，」母子倆在大床上躺了下來。「唱歌，」琳達唱起了「鏈霉菌馬右轉彎，轉到斑波里T字邊」，和「再見吧寶貝班亭，你馬上就要換瓶了」歌聲越來越含糊……

一陣響動，約翰給驚醒了，有個男人在對琳達說著什麼，琳達在笑。她原把毛毯拉到了下巴，那人卻把它全掀開了。

那人的頭髮像兩根黑色的繩子，手臂上有一條可愛的銀臂側，鑲嵌著藍色的石頭。約翰喜歡那臂側，可仍然害怕。他把臉躲到琳達懷裡，琳達摟住他，他感到了安全。他聽見琳達用他聽不大懂的話說，「不行，約翰在這兒。」那人看了看他，又看了看琳達，又溫柔地說了幾句什麼。琳達說，「不行。」但那人卻彎過身子對著他。那臉大而可怕，頭髮碰到了毛毯。

「不。」琳達又說，他感到她的手摟得更緊了。

「不，不。」但是那人卻抓住了他一條胳臂，抓得他生疼，他尖叫起來。

那人伸出另一隻手抱起他來。

琳達仍然抱住他說，「不行，不行。」

那人說了些生氣的話，很短促。

琳達的手突然放鬆了。

「琳達，琳達。」他又是踢腿又是掙扎。但是那人把他抱到了門邊，開了門，把他放在另一間屋子正中，自己走掉，在身後關上了門。他爬起來跑到門口。他踮起腳勉強可以摸到那巨大的水門閂；他抬起門閂一推；卻打不開。

「琳達。」他大叫。琳達沒有回答。

他記起了一間相當陰暗的房間；裡面有些奇怪的木頭製品，牽著許多線，許多婦女站在周圍。琳達說那是在編毛氈。琳達要他跟別的孩子們一起坐在屋角，她自己去幫女人們工作。他跟小孩子們玩了很久。人們突然非常大聲地講起話來，有女人在推著琳達，要她出去。琳達在哭，在往門邊走。他跟了上去，問她那些女人為什麼生氣。

「因為我弄壞了東西。」然後琳達也生氣了。「她們那種混帳編織法我怎麼會知道？」她說，「惡劣的野蠻人。」

他問她什麼叫野蠻人。他們回到自己屋裡時波培已經等在門口，他跟他倆進了屋。波培有一個大葫蘆，裡面裝著些像水一樣的東西，不過不是水，而是一種有臭味、燒嘴巴，能弄得你咳嗽的東西。

琳達喝了一點，波培也喝了一點。然後琳達便哈哈大笑，大聲說話。然後她便跟波培進了另一間屋子……

波培走掉以後他進了屋子。琳達躺在床上睡得很熟，他沒有法子叫醒她。

那時波培來得很勤。他說葫蘆裡的東西叫美賜可。可是琳達說那應該叫做唆麻，只是喝了之後不舒服。他恨波培，也恨所有的人——所有的來看琳達的男人。有天下午他正在跟別的孩子們玩——那天很冷，他記得，山上有雪，他回到屋裡聽見寢室裡有憤怒的叫喊。是女人的聲音，說的話他聽不懂，但是知道那是可怕的話。然後，突然叭的一聲響，有什麼東西摔倒了。他聽見人們跑來跑去。然後又是叭的一聲，再後是像驢子挨鞭打的聲音，只是挨打的不像驢那麼瘦。琳達尖叫起來。「啊，別，別，別打！」她說。他跑了進去，三個婦女披著黑氈子，琳達在床上。一個婦女抓住她的手腕；另一個壓在她的腿上，不讓她踢；第三個婦女正在用鞭子抽她。一鞭，兩鞭，三鞭，每一鞭抽下去琳達都尖聲大叫。他哭著拽那女人的氈子邊，「求你啦，求你啦。」他說。那女人用空手把他拉開，又抽了一鞭子，琳達又尖叫起來。他兩手抓住那女人褐色的大手，使盡力氣咬了下去。那女人叫了起來，掙脫了手，狠命一巴掌把他推倒在地上，還趁他躺在地上時抽了他三鞭子，那鞭子比什麼都厲害，他痛得像火燒。鞭子又呼嘯了，抽了下來。可這一次叫喊的是琳達。

「可她們為什麼要傷害你，琳達？」那天晚上他問道。他哭著，因為自己背上那些紅色的鞭痕還痛得厲害；也因為人們太野蠻，太不公平；也因為他自己是個孩子，無法反抗。琳達也在哭。她倒是成年人，可她只有一個人，打不過她們三個。那對她也不公平。「她們為什麼要欺負你，琳達？」

「我不知道，我怎麼會知道？」她的話聽不清，因為她趴在床上，臉埋在枕頭裡。「她們說那些男人是她們的，」她說下去，好像根本不是在對他講話；而是在跟她內心的什麼人講話。她的話很長，他聽不懂；最後她開始哭了，哭聲比任何時候都大。

「啊，別哭，琳達，別哭。」

他靠過去，靠得緊緊的，伸手摟住她的脖子。琳達叫了起來，「哦，別碰，我的肩膀！哦！」她使勁推開了他。他的腦袋撞在了牆上。「小白痴！」她叫道；然後她開始打他耳光。叭！叭！……

「琳達，」他叫了出來，「哦，媽媽。別打了！」

「我不是你媽媽。我不要做你媽媽。」

「可是，琳達……哦！」她又給了他一耳光。

「變成了野蠻人，」她大叫。「像野獸一樣下崽……要不是因為你，我就可能去找探長，就有可能走掉。可帶著孩子是不行的。那太丟臉。」

他見她又要打他，舉起手臂想遮住臉，「哦，琳達，別打，求你別打。」

「小野獸！」她拉下了他的胳臂，臉露了出來。

「別打了，琳達。」他閉上眼睛，等著挨打。

可是，她沒有打。過了一會兒他睜開了眼睛，看見她正望著他。他勉強對她笑了笑。她突然雙手摟住了他，親他，親了又親。

有時琳達幾天不起床，躺在床上傷心。或者又喝波培帶來的東西，然後就老笑，又睡覺。有時她生病了，常常忘記給他洗臉洗澡，他除了冷玉米攤餅沒有別的東西哈。他記得她第一次在他的頭髮裡發現那些小蟲子時，大驚小怪地叫個沒有完。

他們最快活的時候是在她向他講述那個地方時。

「任何時候你想飛，你都可以飛，真的嗎？」

「任何時候你想飛都可以的，」她告訴他從一個盒子裡放出來的好聽的音樂，好玩的、好吃的。好喝的東西；在牆上一個東西上一按，就會發出亮光；還有圖畫，不光是看得見，而且還聽得見，摸得著，聞得出；還有一種盒子，能夠發出愉快的香味；還有山那麼高的房子，粉紅色的，綠色的，藍色的，銀灰色的。那兒每個人都非常快活，沒有人會傷心或者生氣。每個人都屬於每個其他的人。還有那些盒子，在那兒你可以看見和聽見世界那一邊發生的事情，還有瓶子裡的可愛的小嬰兒——一切都那麼乾淨，沒有臭味，沒有骯髒，人們從來不會孤獨，大家在一起快快活活地過日子，像在這兒馬培斯開夏令舞會時一樣。只是快活得多，而且每天都快活，每天都快活……他一小時一小時地聽著。有時他跟別的孩子們玩膩了，村子裡的老人也會用另外的語言對他們講故事。講世界的偉大的改造者；講左手跟右手、乾和濕之間的長期鬥爭；講晚上一想就想出了大霧，然後又把全世界從霧裡救出來的阿沃納微羅那；講地母和天公；講戰爭與機遇的孿生子阿海雨塔和瑪塞列螞；講耶穌和菩公；講瑪利和讓自己青春重現的哀擦那雷喜；講拉古納的黑石頭和阿柯馬的大鷹和聖母。全是些離奇的故事，因為是用另一種語言講的，不大聽得懂，所以特別好聽。他常躺在床上想著天堂和倫敦、阿柯馬聖母和一排排清潔的瓶子裡的嬰兒。耶穌飛上天，琳達飛上天，還有世界孵化中心的偉大主任和阿沃納微羅那。

許多男人來看琳達。孩子們開始用指頭指他。他們用那另外一種陌生語言說琳達是壞女人。他們叫了她一些名字，他聽不懂，卻明白都是壞名字。有一天他們唱了她一個歌，唱了又唱。他對他們扔石頭。他們也扔石頭打他，一塊尖石頭砸傷了他的臉，血流不止，他滿身是血。

琳達教他讀書，她用一塊木炭在牆上畫了些畫——一隻動物坐著，一個嬰兒在瓶子裡，然後又寫些字母。寫：小寶寶在瓶子，小貓咪坐墊子。他學得又快又輕鬆。他會讀牆上所有的字之後琳達打開了她的大木箱，從那些她從來不穿的滑稽的小紅褲下面抽出了一本薄薄的小書。那書他以前常看見。「你長大以後，」她說，「就可以讀了。」好了，現在他長大了，他覺得驕傲。「我擔心你不會覺得這書能叫你太激動，」她說，「但那是我唯一的東西，」她嘆了一口氣，

「你要是能夠看見那些可愛的朗讀機就好了！我們在倫敦常用的。」他讀了起來，《胚胎的化學和細菌學條件設置》、《胚胎庫貝塔人員實用說明書》。光是讀那標題就花了他一刻鐘。他把書扔到了地上。「討厭，討厭的書！」他哭了起來。

孩子們仍然唱著那支關於琳達的可怕的歌。有時他們又嘲笑他穿得太破爛。他的衣裳破了琳達不知道怎麼補。她告訴他在那另外的地方，衣服有了洞就扔掉，買新的。「破爛兒，破爛兒！」孩子們對他喊。「可是我會讀書，」他想，「他們不會，連什麼是讀書都不知道。」他們嘲笑他時，他努力想著讀書，就很容易對付了。他可以裝著不在乎。於是他又要求琳達把書給他。

孩子們越是唱歌，指指戳戳，他越是用功讀書。那些字他很快就讀得很好了，就連最長的字也一樣。但那是什麼意思呢？他問琳達，她一般是答不上來。即使能答得上來，她也解釋不清楚。

「什麼叫化學藥品？」他有時間。

「哦，比如鎂鹽，比如保持德爾塔和愛普塞隆們瘦小落後的酒精；比如製造骨頭的碳酸鈣和諸如此類的東西。」

「可是，化學藥品怎麼製造呢，琳達？化學藥品是從哪裡來的呢？」

「我不知道，是從瓶子裡取出來的。瓶子空了就打發人到藥品倉庫去要。是藥品倉庫的人製造的，我估計。或者是由他們打發人到工廠去取來的，我不知道。我從來沒有搞過化學。我一向只搞胚胎。」

他問她其他問題也都一樣。琳達好像從來就不知道。

印第安村的老年人的回答卻要確切得多。

「人和一切生物的種子，太陽的種子，大地的種子，天的種子都是阿沃納微羅那用繁衍神霧創造出來的。現在世界有四個子宮，他把種子放進了最低的子宮裡。種子漸漸成長……」

有一天（約翰後來算出那難是他十二歲生日後不久），他回家發現寢室地上有一本他從來沒有見過的書。那書很厚，樣子很古老；書脊叫耗子咬壞了；有些書頁散了，皺了。他揀了起來，看了看書名頁，那書叫做《威廉·莎士比亞全集》。

琳達躺在床上，從一個杯子裡暖著一種非常難聞的美似可。「那書是波培拿來的。」她說。她的嗓子又粗又吸，彷彿是別人的聲音。「原放在羚羊聖窟的一個箱子裡，據說已經放了好幾百年。我覺得說得對，因為我看了看，認為滿是廢話，不文明，可是用來訓練你讀書還是可以的。」她喝完最後一口，把杯子放在床邊地面上，轉過身子，打了一兩個嗝，睡著了。

他隨意翻開了書——

「不，而是生活

在油漬斑斑汗臭薰人的床上。
浸漬在腐敗、調情和做愛裡，
下面是噁心的豬圈……」（哈姆雷特第三幕第四景）

那些奇怪的話在他心裡翻騰，有如滾滾雷霆說的話；有如夏令的舞會上的大鼓——若是鼓聲也能表達意思的話；有如唱玉米之歌的男聲，很美，很美，美得叫你想哭；有如老米季馬搖晃著羽翎。雕花手杖和石頭和骨頭物件時所念的咒語——佳特拉、奇錄、喜洛維、喜洛維、淒哀、喜盧、喜盧、其托——但比那咒語好，因為它有更多的意思，因為那是說給他聽的；說得好極了，而且叫人聽得似懂非懂，那是一種美麗得懾人的咒語，是關於琳達，關於琳達躺在那兒打呼，床前地上擺著空杯子的。是關於琳達與波培，琳達與波培的。

他越來越恨波培了。一個人能夠笑呀笑呀卻仍然是個惡棍。一個不肯悔改的、欺詐的。荒淫的、狠毒的惡棍（哈姆雷特第二幕第二景）。那話究竟是什麼意思？他似懂非懂，但卻很有魅力，老在他腦袋裡轟隆隆震響。不知道為什麼，他覺得他以前好像從來沒有真正恨過波培；沒有真正恨過他，因為他從來說不清對他的恨有多深。可現在他聽見了這些咒語，它們像鼓點，像歌聲，像魔法。

這些咒語和包含咒語的那個非常奇怪的故事（那故事他雖不大清楚，但照樣覺得非常非常精彩），它們給了他仇恨波培的理由，使他的仇恨更真實，甚至使波培也更真實了。

有一天他玩耍回來，內室的門開著，看見他倆一起躺在床上睡著了——雪白的琳達和她身邊的幾乎是黑色的波培。波培一隻胳臂在她脖子底下，另外一隻黑手放在她的乳房上，他的一根長辮子纏在她的喉頭，好像是條黑蛇要想纏死她。波培的葫蘆和一個杯子放在床邊的地面上。琳達在打呼。

他的心彷彿不見了，只剩下了一個空洞。他被掏空了，空而且冷，感到很噁心，很暈眩。他靠在牆上穩住了自己。「不肯悔改的、欺詐的、荒淫的……」這話在他的腦袋裡重複著，重複著，像嘭嘭的鼓聲，像謳歌玉米的歌聲，像咒語。他突然從渾身冰涼變得滿身燥熱。他的血液在奔流，面頰在燃燒，屋子在他面前旋轉著，陰暗了。他咬牙切齒。「我要殺死他。我要殺死他，」他不斷地說。突然更多的話出現了：

「等他在酗酒昏睡，或怒不可遏的時候，

等他躺在建亂的貪歡的床上的時候……」（哈姆雷特第三幕第四景）

咒語在為他說話，咒語解釋了命令，發出了命令。他退回到外面的屋子。「在他酗酒昏睡的時候……」切肉的刀子就在火爐邊的地上。他揀起刀子踮起腳尖回到了門邊。「在他酗酒昏睡的時候，酗酒昏睡的時候」他衝過房間，一刀刺去，啊，血！——又是一刀，波培驚醒了。他舉起手又是一刀，手卻被抓住了——哦，哦！——被扭開了。他不能動了，逃不掉了。波培的那雙黑黑的小眼睛非常逼近地盯著他的眼睛。他把眼睛扭到了一邊。波培的左肩上有兩個傷口。「啊，看那血！」琳達在叫喊，「看那血！」流血的景象從來就叫她受不了。波培舉起了他另一隻手——約翰以為他要打他，便僵直了身子，準備挨打。但是那手只是抓住了他的下巴，把他的臉扭了過來，使他不得不再望著波培的臉。他們倆對視了很久，對視了幾個小時，又幾個小時。突然，他哭了起來——因為忍不住。波培哈哈大笑。「去吧，」他用另一種印第安語說，「去吧，勇敢的阿海優塔。」約翰逃了出去，到另外那間屋子去隱藏他的眼淚去了。

「你十五歲了，」老米季馬用印第安話說，「現在我可以教你摶泥土了。」

兩人蹲在江邊，一起工作。

「首先，」米季馬兩手抓起一團濕泥說，「我們做一個小月亮。」老頭把泥捏成了一個圓餅，然後讓餅邊豎起了一點；月亮變成了淺杯子。

他慢慢地笨拙地學著老人那巧妙的動作。

「月亮，杯子，現在是蛇，」米季馬把另一塊泥土搓成了一根可以盤曲的長條，盤成了一個圓圈，再把它壓緊在杯子口上。「然後又是一條蛇，又是一條蛇，再是一條蛇。」米季馬一圈又一圈塑造出了罐子的邊。那罐子原來窄小，現在鼓了出來，到了罐口又窄小了。米季馬擠壓著，拍打著，抹著，刮著；最後那罐子站在了那裡，就是馬培斯常見的那種水罐，只是顏色是奶油白，而不是黑的，而且摸起來還軟。約翰的罐子站在米季馬的罐子旁邊，那是對米季馬的罐子的歪扭的摹本。他望著兩個罐子，忍不住笑了。

「下一個，就會好一些了。」他說，開始潤濕另一塊泥。

搏弄，成型，感覺到自己的手越來越巧，越來越有力——這給了他不尋常的快樂。「A呀B呀C，維呀他命D，」他一邊工作一邊唱歌，「脂肪在肝中，鱉魚在海裡。」米季馬也唱了起來——那是關於殺熊的歌。他們倆工作了一整天，讓他一整天都充滿了強烈的令人陶醉的歡樂。

「明年冬天，」老米季馬說，「我教你做弓。」

他在屋外站了很久。裡面的儀式終於結束了，門打開了，人們走了出來。科特路首先出現。他握緊了右手伸在前面，好像捏著什麼值錢的珍寶。季雅紀美跟在後面，她也捏緊一隻手，同樣伸了出去。他們倆默默地走著，後面跟著他們的嫡。堂、表兄弟姐妹和所有的老人。

他們走出了印第安村落，穿過了石源，來到懸崖邊上，面對著清晨的太陽站住了。科特路張開了手，一把玉米麵白森森躺在他手掌裡，他對著玉米麵呼出一口氣，喃喃地說了幾句，把那白色的粉末對著太陽撒去。季雅紀美也這樣做。然後季雅紀美的父親也走上前來，舉起一根帶羽翎的祈禱杖，做了一個很長的祈禱，然後把那祈禱杖也隨著玉米麵扔了出去。

「禮成，」米季馬大聲說，「他們倆結婚了。」

「禮成了，」人們轉過身來，琳達說，「我能夠說的只有一句話：這的確好像是小題大做。在文明社會，一個男孩子想要一個女孩子只需要……可是，你要到哪兒去，約翰？」

約翰不管她的招呼，只顧跑，要跑掉，跑掉，跑到能讓他孤獨的地方去。

禮成。老米季馬的話在他的心裡不斷重複。禮成，禮成……他曾經愛過季雅紀美，默默地、遠遠地，然而熱烈，不顧一切，沒有希望。可現在已經「禮成」。那時他十六歲。

在月亮團圓的日子，羚羊聖窟裡常有人傾訴秘密。完成秘密和產生秘密。人們到那兒去，到羚羊聖窟去，去時是孩子，回來變做了成人。男孩都害怕，卻又渴望，那一天終於來了。太陽落了山，月亮升了起來。他跟別人去了。幾個男人的黑影站在聖窟門口，梯子往下伸到了紅燈照著的深處。帶頭的幾個男孩已經開始往下爬。一個男人突然走了出來，抓住了胳臂把他拖出了行列。他掙脫之後又回到行列裡去。這一回那人摸了他，扯了他的頭髮。

「你沒有資格，白毛！」

「那狗娘養的沒有資格！」有個人說，男孩子們笑了。

「滾！」

因為他仍在人群邊逗留，不肯離開，人們又叫了起來。有人彎下腰揀起石頭扔他。

「滾，滾，滾！」

石頭像雨點一樣飛來。他流著血逃到了陰暗處。紅燈照耀的聖窟裡歌唱開始了。最後的男孩已經爬下梯子。他完全孤獨了。

在印第安人村莊外面光禿禿的石源平頂上，他完全孤獨了。月光下的岩石像漂白了的骷髏。高崖下的山谷裡郊狼在對著月亮嚎叫。他受傷的地方很疼，傷口還在流血。他抽泣，並非因為痛，而是因為孤獨。他一個人被趕了出來，進入了像骷髏一樣的岩石和月光的世界。他在懸崖邊上背著月光坐下了。他向下看看石　漆黑的影子，看看死亡漆黑的影子。他只要向前一步，輕輕一跳……他把右手伸進月光裡。手腕上的傷口還在滲血，幾秒鐘滴一滴。一滴，一滴，又一滴。

明天，明天，還有明天……（馬克白第五幕第五景）

他已經找到了時間、死亡和上帝。

「孤獨，永遠孤獨。」小伙子說。

那話在伯納心裡引起了一種淒涼的反響。孤獨，孤獨……「我也孤獨，」他說，情不自禁說了句體己話，「孤獨得可怕。」

「你也孤獨嗎？」約翰露出一臉驚訝，「我還以為在那邊……我是說琳達總說那邊的人從來不會孤獨。」

伯納扭捏地漲紅了臉。「你看，」他嘟囔說，眼睛望著別處，「我估計，我跟我那兒的人很不相同。如果一個人換瓶時就有了不同……」

「對，說得正好，」小伙子點點頭，「如果有了不同，就必定會孤獨。他們對人太兇惡。他們把我完全排斥在一切之外，你知道嗎？別的小伙子被打發上山去過夜——那是你必須去夢想出你的神聖動物的時候，你知道——他們卻不讓我跟他們去，什麼秘密都不告訴我。可我自己告訴了我自己，」他說下去，「我五天沒有吃東西，然後，那天晚上我一個人出去了，進入了那邊的山。」他指點著說。

伯納居高臨下地笑了，「你夢想出了什麼嗎？」他問。

對方點點頭。「但是，我不能告訴你是什麼，」他停了一會兒低聲說，「有一回，」他說下去，「我做了一件別人從沒有做過的事。夏天的正午，我雙手分開靠在一塊岩石上，好像十字架上的耶穌。」

「為什麼？」

「我想知道釘在十字架上是什麼滋味。吊在那兒，太陽光裡……」

「可你是為了什麼？」

「為了什麼？哦……」他猶豫了一下，「因為我覺得，既然耶穌受得了，我也就應該受得了。而且，一個人如果做了什麼錯事……何況我很不幸；那也是一個理由。」

「用這種辦法治療你的不幸似乎有些好笑。」帕納說。可是再想了一下他覺得這樣做也有一定的道理，總比吃唆麻好……

「過了一會兒我暈了過去，」小伙子說，「撲倒在地上。你看見我受傷的地方了嗎？」他從他的額頭上撈起了那厚密的黃頭髮，露出了右太陽穴上的傷疤。一道灰痕。

伯納看了一眼，但。心裡立即一怔，望到了一邊。他的條件設置使他不那麼容易產生憐憫，卻十分敏感嬌氣。提起疾病和痛苦他不但恐怖，而且抵觸，甚至厭惡，像遇見了骯髒、畸形或是衰老。他趕緊換了個話題。

「我不知道你是否願意跟我們一起回到倫敦去？」他問道，走出了他這場戰役的第一步。他在那小房間裡已看出了那野蠻人的「父親」是誰，從那時起他就在秘密地醞釀著他的戰略，「你願去嗎？」

那小伙子的臉上放出了光彩。「你真有那意思？」

「當然，就是說我如果能夠得到批准的話。」

「琳達也去？」

「唔……」他猶豫了，沒有把握。那個討厭的東西！不，那辦不到。除非，除非……伯納突然想起她那份叫人噁心的樣子可能是一筆巨大的資本。「但是當然。」他叫道，用過分的熱中代替了他開初的遲疑。

小伙子深深地吸了一口氣。

「想想看，我平生的夢想竟然得以實現。你還記得米蘭達的話嗎？」

「米蘭達是誰？」

但是那小伙子顯然沒有聽見他提問。「啊，奇蹟！」他在念著；眼睛發光，面頰泛出明亮的紅暈。「這兒有多少美好的人！人是多麼美麗！」（暴風雨第五幕第一景）紅暈突然加深了。他想到了蕾妮娜，一個穿玻瓶綠黏膠衣裳的天使，青春年少和皮膚營養霜使她顯得容光煥發，豐腴美艷，和善地微笑著。他的聲音遲疑了。「啊，美妙的新世界。」他背起書來，又突然打住了。血液已經離開了他的面頰；他蒼白得像紙。「你跟她結婚了嗎？」他問。

「我什麼？」

「結婚。你知道——永不分離。他們用印第安話說：永不分離。婚姻是不能分離的。」

「佛特呀，沒有！」伯納忍不住笑了。

約翰也笑了。卻是為了別的原因——純粹是因為高興。

「啊，美妙的新世界，」他重複了一句，「啊，美妙的新世界，有多麼出色的人物。咱們立即出發吧。」

「你說話的方式有時候很特別，」伯納又迷惑又驚訝地盯著小伙子，「不過，等到你真正看見新世界時再說，好不好？」

第九章

有了一天的離奇與恐怖的經歷，蕾妮娜覺得自己有充分的權利享受一個完全的、絕對的假期。兩人一回到賓館她就吞下了六粒半克的唆麻片，在床上躺了下來，不到十分鐘已經飛往月宮的永恆，至少得十八個小時才能醒來。

這時伯納卻躺在黑暗裡瞪著大眼想著心事，半夜後許久才入睡；可他的失眠並非沒有收穫。他擬定了一個計畫。

第二天早上十點，穿綠制服的八分之一混血兒準時下了直升飛機。伯納在龍舌蘭叢中等著他。「克朗小姐度唆麻假去了，」伯納解釋道，「看來五點以前是不會回來的。這就給了我們七個小時。」

他可以飛到聖塔菲辦完必須辦的事，然後回到馬培斯，到她醒來時間還多。

「她一個人在這兒安全嗎？」

「跟直升機一樣安全。」混血兒向他保證。

兩人上了飛機立即出發。十點三十四分他們在聖塔菲郵局房頂降落。十點三十七分伯納已接通了白廳世界總統辦公室。十點三十九分他已在跟總統閣下的第四私人秘書談話。十點四十四分他已在向第一秘書重複他的故事。到十點四十七分半鐘他耳朵裡已經震響著穆斯塔法．蒙德本人的深沉宏亮的聲音。

「我斗膽地想，」伯納結巴地說，「閣下會發現這個問題能引起足夠的科學興趣……」

「是的，我的確認為它能夠引起足夠的科學興趣，」那深沉的聲音說，「那你就把這兩個人帶到倫敦來吧。」

「閣下明白，我需要一張特許證……」

「必要的命令，」穆斯塔法．蒙德說，「此刻正在向保留地總監發出。你立即去總監官邸好了。再見，馬克思先生。」

寂靜。伯納掛上電話，匆匆上了房頂。

「總監官邸。」他對伽瑪綠八分之一混血兒說。

十點五十四分伯納已經在跟總監握手。「很高興，馬克思先生，很高興，」他那轟響的嗓子透著尊敬，「我們剛收到了特別命令……」

「我知道，」伯納打斷了他的話，「我剛才才跟總統閣下通過話。」他一屁股坐進了椅子。他那厭倦的口氣暗示著他習慣於每週七天都跟總統閣下通話。「請你盡快採取必要措施，盡快。」他特別強調盡快。他對自己十分欣賞。

十一點零三分所有的檔案已經進了他的口袋。

「再見。」他居高臨下地對總監說。總監已經陪著他走到了電梯門口。

他步行到了賓館，洗了個澡，做了真空振動按摩，用電動刀刮了鬍子，聽了早間新聞，看了半小時電視，才慢條斯理吃了午飯。兩點半鐘他已經跟八分之一混血兒一起飛回了馬培斯。

小伙子站在招待所門外。「伯納，」他叫道，「伯納！」沒有人回答。

小伙子穿著鹿皮靴，走路沒有聲音。他跑上臺階，拽了拽門，門關著。

他們走了！那是他所遇見過的最可怕的事。蕾妮娜請他來看他們，可他們卻走掉了。他在臺階上坐下，哭了起來。

半小時後他想起往窗戶裡望望。他看見的第一件東西是一個綠色手提箱，箱蓋上印著姓名的第一個字母L．C。歡樂像火焰一樣從他心裡燒起。他揀起一塊石頭。碎玻璃落在地上叮叮地響。不久以後他已進了屋子。一打開綠色的手提箱他立即聞到了蕾妮娜的香水味。那香味彌漫了他的肺葉，那是蕾妮娜的香味呢。他的心臟急劇地跳動起來，他幾乎暈了過去。他把身子彎在那寶貴的箱子上，抗磨著，翻看著，拿到光線裡審視著。他起初對蕾妮娜用來換洗的新腔天鵝絨短褲上的拉鍊弄不明白，到他明白過來，便覺得很好玩；拉過去，拉過來，再拉過去，又拉過來；他著迷了。蕾妮娜的綠色拖鞋是他平生見過的最精美的東西。他打開一件貼身拉鍊衫，不禁羞紅了臉，趕快放到了一邊。但是親吻了一下一條人造絲手絹，又把一條圍巾圍到了脖子上。他打開一個盒子，一股香粉噴了出來，噴在他手上。他把它擦在胸口、肩膀和光胳臂上。多好聞的香味！他閉上眼睛，用臉挨了挨擦了粉的胳臂滑膩的皮膚挨緊他的臉，麝味的粉香透進了他的鼻子——是活生生的她呀。「蕾妮娜，」他輕聲說，「蕾妮娜！」

有什麼響動嚇了他一跳，他心虛地轉過身子，把偷看著的東西塞回提箱，蓋上蓋，又聽了聽，看了看。沒有活動的跡象，也沒有聲音。可他確實聽見過什麼東西——好像是有人嘆氣，好像是木頭的吱嘎聲。他踮起腳，走到門邊，小心翼翼地開了道縫，發現自己望著的是一片寬闊的梯口平臺，平臺對面是另一道虛掩著的門。他走過去推開門，偷看起來。

蕾妮娜躺在矮床上，睡得正香。她穿著一件粉紅拉鍊睡衣，床單掀開。鬈髮襯著她的臉，多麼美麗！那粉紅的腳趾，那安詳的熟睡的面龐，像孩子一樣打動人心；那無力鬆垂的手，那柔軟的胳臂，是那麼坦然而無助。他的眼裡不禁噙滿了淚水。

他採取了無窮的預防措施——其實很不必要，因為除非開槍，是無法把蕾妮娜從預定的唆麻假日提前驚醒的。他進了屋子，跪在床邊的地板上，雙手指頭交叉，注視著她。「她的眼睛。」他喃喃地說道。

「你總在言談裡說起她的眼睛、頭髮、面頰、步態、聲音；啊，還有她那纖手！

在那雙纖手面前，一切白色都只是污穢，
寫下的全是自我譴責；連小天鵝的茸毛
跟它柔膩的一握相比，也透著粗糙……」（特洛伊羅斯和克瑞西達第一幕第一景）

一隻蒼蠅圍著蕾妮娜嗡嗡地飛；他揮手把它趕走了。「連蒼蠅，」他記起，

「即使朱麗葉皎潔的纖手上的蒼蠅
也可以從她唇上盜竊永恆的祝福，
而她，也會因純潔的處女嬌羞而臉紅，
好像叫蒼蠅吻了也是罪過……」（羅密歐與朱麗葉第三幕第三景）

他非常緩慢地伸出手去，好像想撫摩一隻膽小卻又頗為危險的鳥。他的手顫抖著，懸在空中，離她那鬆弛的手指只有一寸，差不多要碰到了。他敢於用自己最卑賤的手指去褻瀆……嗎？不，他不敢。那鳥太危險。他的手又垂了下來。她多麼美麗呀！多麼美麗呀！

他突然發現自己在思考著：只要扯住她脖子邊的拉鍊鈕，使勁長長一拉……他閉上了眼睛，搖著頭，像剛從水裡冒出的狗一樣搖晃著耳朵。可恥的思想！他為自己難堪。純潔的處女嬌羞……空氣裡有一種嗡嗡聲。又有蒼蠅想盜竊永恆的祝福嗎？是黃蜂嗎？他望了望，什麼都沒看見。嗡嗡聲越來越大，好像選定了要待在百葉窗外。飛機！他狼狽不堪地跳了起來，跑回了另一間房跳出了敞開的窗戶。他在高高的龍舌蘭叢間的小徑上奔跑時看見伯納從直升飛機上下來。

第十章

布魯姆斯貝里中心，四千個房間裡的四千座電鐘的指針都指著兩點二十七分。這座「工業的蜂巢」（主任喜歡這樣叫它嗡嗡嗡地忙碌著。人人都在忙，事事都井井有條地進行著。顯微鏡下精子正揚著腦袋，使勁甩著長尾巴，狠命往卵子裡鑽。卵子在膨脹，在分裂，若是波坎諾夫斯基化過的，則在萌孽，分裂成為無數個胚胎。自動扶梯正從社會條件設置室嗚嗚地駛進地下室。在那兒昏暗的紅光裡，胚胎躺在腹膜墊上，冒著懊熱，飽餐著代血劑和荷爾蒙長大，再長大。若是中了毒就傷感地變做發育受阻的愛普塞隆。瓶架帶著輕微的嗡嗡聲和軋軋聲，帶著重新獲得的永恆，一禮拜一禮拜難以覺察地移動著。直到那一天，新換瓶的胎兒在換瓶室發出了第一聲害怕而吃驚的尖叫。

地下室下層的發電機嗚嗚響著，電梯匆匆地升降。十一個樓層的孵化室全部到了哺育時間。一千八百個嬰兒正同時從一千八百個瓶子裡吮吸著各自那一品脫消過毒的外分泌液。

樓上，依次往上的十層宿舍裡，幼小得還需要午睡的男童和女童跟所有的人一樣忙碌著，雖然自己並不知道。他們在不自覺地聽著睡眠教育裡的衛生課、社交課、階級覺悟課和幼兒愛情生活課。再往上去，已經下起了雨，九百個略大的兒童在那兒玩著積木和膠泥，玩著「找拉鍊」和性愛的遊戲。

嗡嗡嗡，蜂巢忙碌地、歡快地吟唱著。女孩們照看著試管，唱著歡樂幸福的歌；條件設置工一邊上班，一邊吹著口哨。而在換瓶室裡換空的瓶子上空，又有多麼有趣的談笑在進行！但是主任和亨利・福斯特一起走進授精室時，臉上卻一本正經，嚴厲地繃著。

「他成了這屋裡眾人的榜樣了，」主任說，「因為這屋裡的高種姓人員比中心的其他任何單位都多。我告訴過他兩點半到這兒來見我的。」

「他的工作倒還是不錯。」亨利擺出寬容的樣子假惺惺地說。

「這我知道，但正因為如此才更需要嚴格要求。他在智力上的優勢意味著相應的道德責任。一個人越有才能，引錯路的能量就越大。個別人受點苦總比讓大家都腐敗好。只要考慮問題不帶溫情，福斯特先生，你就會明白，一切錯誤都不及離經叛道嚴重。謀殺只能殺死個別的人，而個別的人，說到底，算得了什麼？」他揮了揮手，指著一排排的顯微鏡、試管和孵化器。「我們不費吹灰之力就可以製造一個新的——想造多少就造多少。而離經叛道威脅的卻不只是個體；而是整個社會。是的，整個社會。」他重複了一句。「啊，他來了。」

伯納已經進了屋子，在一排排授精員之間向他們走來。一種表面的揚揚得意的自信薄薄地掩飾著他的緊張情緒。他說：「早上好，主任。」說時聲音高得荒謬，為了掩飾這個錯誤，他又說：「你要我到這兒來談話。」那聲音又柔和得荒謬，像耗子叫。

「不錯，馬克思先生，」主任拿著架子說，「我的確要你到這兒來見我。我知道你昨天晚上已經結束假期，回家來了。」

「是的。」伯納回答。

「是——是的。」主任拉長了聲音像蛇一樣嘶嘶地說。隨即提高了嗓門，「女士們，先生們，」他的聲音像喇叭，「女士們，先生們。」

女孩們對著試管上空唱的歌和顯微鏡工。已不在焉的口哨全部突然停止。一片深沉的寂靜。大家都四面望著。

「女士們，先生們，」主任再重複了一句，「我這樣打斷你們的勞動，很為抱歉。是一種痛苦的責任感促使我這樣做的。因為社會的安全和穩定遭到了危險。是的，遭到了危險。女士們，先生們。」他譴責地指著伯納。「現在站在你們面前的這個人，這個正阿爾法得到的很多，因此，我們也有理由要求他很多。你們的這位同事——我也許應該提前叫他『這位以前的同事』？——嚴重地辜負了大家對他的信任。由於他對體育運動和唆麻的異教徒式的觀點；由於他的性生活的恬不知恥的離經叛道，由於他拒絕了我主佛特在下班之後行為要『恰如嬰兒』的教導（說到這兒主任畫了一個T字），他已經證明了自己成了社會的公敵，是一切秩序和安定的顛覆者，女士們，先生們，是對抗文明的陰謀家。因此，我建議開除他，把他從本中心的職務上開除出去，讓他聲名狼藉。我建議立即向上面申報，把他調到最下級的中心去，為了使對他的懲罰對社會最有利，把他調到距離重要人口中心最遠的地方去。到了冰島他就沒有多少機會用他那些非佛特的行為引誘別人走上邪路了。」主任住了口，交叉了雙手，威風凜凜地轉向了伯納。「伯納，你能夠提出理由反對我執行對你的處分嗎？」

「是的，我能夠。」伯納用非常響亮的聲音回答。

主任多少嚇了一跳，但仍然神氣十足，「那你就提出來吧。」

「當然要提出來，但我的理由還在走道裡，請稍候。」伯納匆匆走到門邊，甩開了門。「進來。」他命令道，那「理由」便走了進來，露出了它的形象。

人們倒抽了一口氣，發出一陣驚愕和恐怖的低語；一個女孩尖叫起來；一個人站到椅子上，想看得更清楚，卻打翻了兩根滿裝精子的試管。在那些青春矯健的身子和沒有歪扭的面孔之間出現了一個離奇可怕的中年的妖怪，而目浮腫、肌肉鬆弛——是琳達走進了房間。她賣弄風情地微笑著，那微笑退了色，七零八碎。她走路時滾動著她那巨大的臀部，卻自以為是腰肢款擺，冶蕩迷人。伯納走在她的身邊。

「他就在那兒。」伯納指著主任說。

「你以為我會認不出他呀？」琳達極為氣憤地問，然後便轉身對著主任，「我當然認得出你，湯瑪金，我到哪兒都能認得出你，在一千個人裡也認得出你。可你也許忘記了我。你不記得了嗎？不記得我了嗎，湯瑪金？湯瑪金？我是你的琳達。」她站在那兒望著他，歪著頭微笑著。可那微笑面對著主任那呆板的、厭惡的臉色，逐漸失去了自信，猶豫了，終於消失了。「你想不起來了嗎，湯瑪金？」重複道，聲音顫抖著。她的眼光焦急而痛苦。那骯髒鬆弛的臉奇異地扭曲了、變做了極端淒慘的怪笑。「湯瑪金！」她伸出雙臂。有人「哧」地一聲笑了出來。

「這是什麼意思？」主任說話了，「這個嚇人的……」

「湯馮金！」她向他跑來，毛氈拖在身後，伸出雙臂摟住了他的脖子，把臉埋在他的胸前。

無法抑制的哈哈大笑爆發了出來。

「……這種惡作劇太不像話！」主任大叫道。

他滿臉通紅，想掙脫她的擁抱。可她卻死命地摟緊了他。

「可我是琳達，我是琳達。」哈哈大笑淹沒了她的話。

「你讓我懷了個孩子，」她的尖叫壓倒了哄堂大笑，帶來了突然的令人駭然的寂靜；大家的目光狼狽，閃爍遊移，不知道往什麼地方看好。

主任的臉色突然蒼白了，停止了掙扎，站在那兒，雙手握住琳達的手腕，低頭盯視著她，嚇壞了。

「的確，懷了個孩子——而我就是他的母親。」她把這個猥褻的詞扔向了受到侮辱的寂靜，彷彿是在挑戰。然後她離開了主任，感到了羞恥，羞恥，用雙手掩住了面孔，抽泣起來。「可那不是我的錯，湯瑪金。因為我一向總是做操的。是不是？是不是？一向做的……我也不知道是怎麼回事……你要是知道做母親有多麼可怕就好了，湯瑪金……可是兒子對我仍然是一種安慰。」她轉身向著門口，「約翰！」她叫道，「約翰！」

約翰應聲走了進來，在門口先停了一會，四面望了望，然後，他那穿鹿皮靴的腳一聲不響地迅速穿過了房間，雙膝落地，跪到了主任面前，清脆地叫了一聲：「爸爸！」

那個字，那個猥褻得可笑的字，破除了十分難堪的緊張，因為從「爸爸」引起的聯想畢竟跟生育的可憎和道德的邪惡隔了一層；這個字不文明，卻只是骯髒而不涉淫穢。這個可笑的骯髒字眼緩和了難以忍受的緊張氣氛。笑聲爆發了出來，是哄堂大笑，幾乎是歇斯底里的笑。笑聲一陣接著一陣，彷彿不會停止。我的爸爸——而那爸爸卻是主任！我的爸爸！啊，佛特！啊，佛特！太精彩了，的確！哄笑和吼叫重新發出，臉都幾乎笑破了，笑得眼淚汪汪。又有六支精子管打翻了。我的爸爸！

主任蒼白了臉，用瘋狂的目光四面望著，他羞愧得手足無措，非常痛苦。

我的爸爸！已出現平靜跡象的笑聲又爆發了出來，比以前更響了。主任用雙手捂住耳朵衝出了房間。

第十一章

授精室那一幕之後，倫敦的上層種姓都迫不及待地想見識一下這位妙人。那野蠻人竟然跑到孵化與條件設置中心主任——倒不如說是前主任，因為這可憐的人隨即辭了職，再也沒有進過中心一步了——在他面前，撲通一聲跪倒在地，叫他「爸爸」。（這惡作劇精彩得叫人不敢相信。）而相反，琳達卻沒有引起注意，誰也沒有想過要看她。把人稱做媽媽原本是過分的玩笑，是一種褻瀆。何況她跟別人一樣，是從瓶子裡孵化出來的，是設定過條件的人，不是真正的野蠻人，因此她不可能真正引起怪念頭。最後，還有她那副模樣——這才是人們不希望看見可憐的琳達的最大理由。青春不再，肥胖臃腫，一口壞牙，滿臉斑點。還有那身材（佛特呀！）見了她你不能不作嘔，打心眼裡作嘔。因此優秀的人都決心不見琳達。而琳達自己也從來沒有想過見他們。回歸文明意味著回歸唆麻，不但可以躺在床上一天又一天地享受唆麻假日，而且醒過來不會頭痛，噁心，想嘔吐。用不著感到像喝了沛歐特一樣心虛、抬不起頭，彷彿幹了什麼反社會的可恥罪行。唆麻不會開這種刻薄的玩笑。它所給予的假期是完美的，如果說隨後的早上也不愉快的話，卻並非由於內在的感受，只是覺得不如唆麻假日那麼快活而已。補救的辦法是繼續度假。她不斷貪婪地吵著要求增加嗖麻的劑量和次數。蕭醫生起初反對，後來就按照她的要求給她。她一天吞下的嗖麻竟達二十克之多。

「那會叫她在一兩個月之內死去的。」醫生對伯納透露了真情。「有一天她的呼吸系統中心會癱瘓，不能呼吸，於是就完了。倒也是好事。我們如果能夠返老還童，那又是另外一回事了，可惜辦不到。」

出乎每個人意料之外（琳達在度嗖麻假，不會礙事），提出反對的倒是約翰。

「咱們給她那麼大的分量，豈不是要縮短她的壽命嗎？」

「在某種意義上講，是的，」蕭大夫承認，「可是從另一種意義上講我們實際上是在延長她的壽命。」小伙子莫名其妙地瞪大了眼睛。「嗖麻讓你失去了幾年壽命，」大夫說下去，「但是，想一想它在時間以外給你的悠久歲月吧。那是長得難以計量的。每一次嗖麻假在我們祖先的眼裡都是永恆呢。」

約翰開始明白了。「原來永恆只在我們嘴上和眼睛裡。」他喃喃地說。

「你說什麼？」

「沒有說什麼。」

「當然，」蕭大夫說下去，「別人有正經工作要做你就不能打發他到永恆去，可是她並沒有什麼正經工作要做……」

「可我照樣，」約翰堅持，「認為這不合適。」

大夫聳了聳肩。「好了，如果你寧可讓她發瘋一樣叫喊，喊個沒完的話，你可以……」

約翰最後只好讓步了。琳達得到了唆麻。從此以後她便待在三十七樓伯納公寓的小房間裡，躺在床上，永遠開著收音機、電視機，永遠開著印度薄荷香水，讓它滴著；唆麻片放在一伸手就夠得著的地方——她待在那兒，卻又壓根不在那兒。她永遠在遼遠處度假，在虛無縹緲的地方，在另一個世界。那兒收音機的音樂是一個色彩絢爛的深淵，一個混音演奏的悸動的深淵，通向一個光明燦爛的絕對信念的中心（其間經過了多少美妙的曲折）；在那兒，閃爍在電視機裡的形象是某些在美妙得難以描述的，全是歌唱的感官片裡的演員。在那兒滴下的印度薄荷不光是香水，也是陽光，也是一百萬隻薩克斯風，也是跟她做愛的波培，只是比那還要美妙得多，美妙得沒法比，而且無窮無盡。

「是的，我們沒有辦法返老還童。但是我很高興。」蕭大夫下了結論，「有了這個機會看到了人類衰老的標本。非常感謝你找了我來。」他跟伯納熱烈地握手。

於是，人們以後所關注的就只有約翰了。由於只能夠通過公認的監護人伯納才能見到約翰，伯納現在才平生第一次發現自己不但受到正常的對待，而且成了一個風雲人物。人們再也不談論他代血劑裡的酒精了，也不再嘲笑他的外表了。亨利．福斯特一改常態，對他親切了起來。班尼特．胡佛送給了他一份禮物，六包性激素口香糖。命運預定局局長助理也一反常態，幾乎卑躬屈節地要求伯納邀請他去參加他的晚會。至於女人嘛，只要伯納有一點點邀請的暗示，誰都可以讓他上手了。

「伯納邀請我下星期三去跟野蠻人見面呢！」芬妮得意地宣布。

「我很高興，」蕾妮娜說，「現在你得承認你對伯納的看法錯了。你不覺得他相當可愛？」

芬妮點點頭。「而且我還要說，」她說道，「我感到驚訝，卻愉快。」

裝瓶車間主任、命運預定主任和授精司長的三位助理、情感工程學院的感官片教授、西敏寺社區歌唱大廳經理諾夫斯基總監督——伯納的要人名單沒有個完。

「這一週我到手了六個女孩，」他對赫姆霍茲・華生說體己話。「星期一是一個，星期三兩個，星期五加了兩個，星期六加了一個。我要是有時間或是有興趣的話，至少還有十二個女孩迫不及待想要……」

赫姆霍茲陰沉著臉，不以為然地聽他吹噓，一聲不響。伯納生氣了。

「你妒忌了？」他說。

赫姆霍茲搖搖頭。「我感到有點悲哀，如此而已。」他說。

伯納怒氣衝衝地走掉了。以後我再也不跟赫姆霍茲說話了，他對自己說。

日子一天天過去，成功在伯納的腦袋裡嘶嘶地響，讓他跟那個他一向不滿的世界和解了，其效果有如一切美酒。只要這個社會承認他是個重要人物，一切秩序都是好的。但是儘管他的成功使他和解，他仍然拒絕放棄對現存秩序的批判，因為批判行為提高了他的重要感，讓他覺得自己偉大多了。何況他還真正感到有些東西應當批判（同時他也確實喜歡做個成功的人，得到想得到的女孩）。他在因為野蠻人而討好他的人面前總想擺出一副離經叛道者的挑剔形象。人家當面有禮貌地聽著，背後卻搖頭。「那小伙子沒有好下場。」他們說，同時很有把握地預言，他們早晚會見到他倒楣的。「那時他就再也找不到第二個野蠻人幫助他脫離危險了，」他們說。不過，第一個野蠻人還在，他們還得客氣。而他則因為他們的客氣老覺得自己確實偉大——偉大。同時快活得飄飄然，比空氣還輕。

「比空氣還輕。」伯納說，指著天上。

氣象部門的探索氣球在陽光裡閃著玫瑰色的光，像天上的一顆珍珠，高高飄在他們頭頂。

「……對上述的野蠻人，」伯納指點著說，「展示了文明生活的方方面面……。」

現在他們正將文明世界的鳥瞰圖向野蠻人展示——從切林T字架平臺上看去。航空站站長和現任氣象專家在給野蠻人做嚮導，但大部分的話還是伯納包攬了。他非常激動，表現得嚴然至少是個前來訪問的世界總統，比空氣還輕。

孟買來的綠色火箭從天空降落。乘客們走下火箭。八個穿咔嘰制服的一模一樣的德拉維黛多生子從機艙的八個舷窗裡往外望著——是空服員。

「每小時一千五百公里，」站長引人注目地說，「你對此有何看法，野蠻人先生？」

約翰覺得很好。「不過，」他說，「愛麗兒四十分鐘就可以環繞地球一周。」

「令人意外的是，」伯納在給穆斯塔法．蒙德的報告裡說，「野蠻人對於文明的種種發明創造似乎不覺得驚訝，並不肅然起敬。這有一部分無疑是由於一個事實：他聽一個叫做琳達的女人告訴過他。琳達是他的母……」

（穆斯塔法．蒙德皺了皺眉頭。「那傻瓜難道認為我那麼嬌氣，連他把『母親』這字寫完我都受不了嗎？」）

「還有一部分則是由於他的注意力集中到他稱之為『靈魂』的東西上去了，那是他堅持認為獨立於物質環境之外的實體。我設法為他指出……」

總統跳過了後面的一些句子，正打算翻到下一頁尋找更有趣的、具體的東西，眼睛卻被幾句很不尋常的話抓住了。「雖然在此我必須承認，」他讀道，「我也同意野蠻人的看法，文明之中的嬰兒時期太輕鬆，或者用他的話說，不夠昂貴；因此我願意借此機會向閣下進一言……」

穆斯塔法．蒙德立即由惱怒變成了快活。這傢伙竟然一本正經地教訓起我來了——還奢談著社會秩序，稀奇古怪，肯定是瘋了。「我應當給他點教訓。」他自言自語說，然後一抬頭，哈哈大笑起來。不過至少此時還不必教訓他。

那是一家生產直升飛機燈座的小廠，是電氣設備公司的一個分支。他們在房頂受到了技術總管和人事經理的歡迎（那封傳閱的推薦信效果十分神奇）。他們一起下了樓梯，進了工廠。

「每一個步驟，」人事經理解釋說，「都盡可能由一個波坎諾夫斯基組負責。」

結果是，八十三個幾乎沒有鼻子的短腦袋黑色皮膚德爾塔操作冷軋；五十六個鷹鈎鼻子麥黃皮膚的伽瑪操作五十六部四軸的卡模銑床；一百零七個按高溫條件設置的塞內加爾愛普塞隆在鑄工車間工作；三十三個德爾塔女性，長腦袋，沙色頭髮，臀部窄小，高度一公尺六九（誤差在二十毫米以內）車著螺絲；在裝配車間，兩組矮個兒的伽瑪加在裝配發電機。兩張矮工作臺面對面擺著；傳送帶在兩者之間移動，輸送著零部件。四十七個金頭髮白皮膚的工人面對著四十七個褐色皮膚的工人；四十七個鷹鈎鼻面對著四十七個獅子鼻；四十七個後縮的下巴面對四十七個前翹的下巴。完工的機件由十八個一模一樣的棕色鬈髮女孩檢驗，她們一律著綠色伽瑪服；再由三十四個短腿的左撇子負德爾塔打包進箱。然後由六十三個藍眼睛、亞麻色頭髮、長雀斑的半白痴的負愛普塞隆搬上等在那兒的卡車。

「啊，美妙的新世界……」由於某種記憶裡的惡意，那野蠻人發現自己在背誦著米蘭達的話。「啊，美妙的新世界，有這麼多出色的人物。」

「而且我向你保證，」人事經理在他們離開工廠時總結道，「我們的工人幾乎從來不鬧事。我們總發現他們……」

但是那野蠻人已突然離開了他的夥伴，在一叢桂樹後面劇烈地嘔吐起來，彷彿這結實的大地是架在空中遇見了大氣旋渦的直升機。

「那個野蠻人」伯納寫道，「拒絕服用唆麻，而且似乎為他的母……琳達老逗留在假期裡，感到痛苦。值得注意的是，儘管他的母……很衰老，外形討厭透頂，野蠻人仍然常去看她，對她表現了強烈的依戀之情——這個例子很有趣，說明了早期條件反射的形成可以制約天然衝動，甚至克服它（在本例裡，是回避可厭對象的衝動地）。」

他們在伊頓公學上半部分的屋頂降落。校園對面五十二層樓的路普頓大廈在太陽中閃著白光。大廈左面是公學，右面是高聳起一幢幢可敬的鋼骨水泥和維他玻璃的學校社區歌詠大廳。方形廣場的正中站立著我主佛特的鉻鋼塑像，古老而奇特。

他們下飛機時院長嘉福尼博士和校長季特女士會見了他們。

「你們這兒的多生子多嗎？」剛開始參觀野蠻人就頗為擔心地問道。

「啊，不多。」院長回答，「伊頓是專為上層種姓的子女保留的。一個卵子只生成一個成人。當然，教育起來要費事得多。但是他們是打算用來承擔重任和處理意外事件的，只能夠這樣。」他嘆了口氣。

此時伯納已經對季特女士產生了強烈的欲望。「如果你星期一、星期三，或是星期五晚上有空的話，」他說道，用大拇指對那野蠻人一戳，「他很特別，你知道，」伯納加上了一句，「怪怪的。」

季特女士微笑了（這微笑的確迷人，伯納想），說了聲謝謝，表示他若舉行晚會她是樂意出席的。院長開了門。

在超正阿爾法的教室裡的五分鐘弄得約翰有點糊塗了。

「什麼叫做基本相對論？」他悄悄問伯納，伯納打算回答，卻想了一想，建議他們到別的教室去一趟再說。

一個響亮的女高音在通向負貝塔地理教室的走廊門後叫道，「一、二、三、四，」然後帶著疲倦的口氣說，「照做。」

「馬爾薩斯操，」校長解釋道，「當然，我們的女孩大部分都是不孕女，我自己就是，」她對伯納笑了笑。「但是我們還有大約八百個沒有絕育的女孩需要經常操練。」

約翰在負貝塔教室的地理課學到了這樣的東西：「野蠻人保留地是由於氣候或地理條件不利，或天然資源缺乏，不值得花費功夫去文明化的地區。」咔噠一聲，房間黑了。老師頭頂的銀幕上突然出現了阿科馬的悔罪人匍匐在聖母像面前的樣子。他們也匍匐在十字架上的耶穌面前和菩公的鷹像面前，哀號著悔罪（那是約翰以前聽見過的）。年輕的伊頓學生喊叫起來，大笑起來。悔罪人站起身子，仍然哀號著，脫下了上衣，開始一鞭一鞭地抽打自己。笑聲增加了四倍，悔罪人的呻吟聲雖被放大，卻仍被笑聲淹沒了。

「可他們在笑什麼？」野蠻人感到痛心的困惑，問道。

「為什麼？」院長轉過來仍然滿是笑意的臉。「為什麼？不就因為好笑得太不平常了嘛！」

在電影的昏暗裡伯納冒險做出了他以前即使在漆黑之中也不敢做的動作。他仗恃新獲得的重要身份伸出胳臂，摟住了女校長的腰。對方如楊柳輕搖般承受了。他正打算偷吻她一兩次，或是輕輕捏她一把，百葉窗咔嗒一聲又打開了。

「我們還是繼續參觀吧。」季特女士說，向門邊走去。

「這兒，」一會兒以後，院長說，「是睡眠教育控制室。」

數以百計的綜合音樂音箱（每間宿舍一個）排列在屋子三面的架上。另一面的鴿籠式文件櫃裡是一盤盤的錄音帶，上面是錄好的睡眠教育課文。

「把錄音帶從這兒塞進去，」伯納打斷了嘉福尼博士的話，「按按這個按鈕就……」

「不對，按那個。」院長很不高興地糾正他。

「那一個，然後，錄音帶展開，硒質光電管把光波轉化為聲波，於是……」

「於是，你就聽見了。」嘉福尼博士總結。

「他們讀莎士比亞嗎？」他們在去生物化學實驗室的中途，經過了圖書館，野蠻人問道。

「當然不讀。」女校長漲紅了臉，說。

「我們的圖書館，」嘉福尼博士說，「供有參考書。如果我們的年輕人需要消遣，可以到感官影院去。我們不鼓勵他們耽溺於孤獨的娛樂。」

玻璃化的公路上，五部公共汽車從他們身邊駛過，上面是男女兒童，有的唱歌，有的一聲不響地互相擁抱。

「剛剛回來，」嘉福尼博士解釋道——此時伯納悄悄跟女校長訂下了當天晚上的約會，「從羽蛻火葬場回來。死亡條件設置從十八個月就開始。每個幼兒每週都得在醫院過兩個上午，學習死亡課。最優秀的男孩全留在那兒，到死亡日就給他們吃巧克力汁，讓他們學會把死亡當做理所當然的事。」

「跟所有的生理過程一樣。」女校長業務性地插嘴道。

八點去薩伏依，一切都準備好了。

在回倫敦的路上，他們伯蘭特福的電視公司逗留了一會兒。

「我去打個電話，你們在這兒等一等好嗎？」伯納問。

野蠻人等著，看著。大日班的人剛好下班。低種姓的工人們在單軌火車站門前排隊——七八百個伽瑪、德爾塔和愛普塞隆男女一共只有十來種面相和身高。售票員在給每個人車票時，無論男女都遞給一個小紙筒。人的長龍緩緩向前移動。

「小紙筒裡，」伯納回來以後，野蠻人問道（他想起了《威尼斯商人》）「是什麼東西？」

「一天的唆麻定量，」帕納含糊回答，因為嘴裡嚼著班尼特．胡佛給他的口香糖。「下班時就發。四顆半克的藥片，還有六片是星期六用的。」

他熱情地抓住約翰的手臂，兩人回頭向直升機走去。

蕾妮娜唱著歌走進更衣室。

「你好像對自己很滿意。」芬妮說。

「我確實是高興，」她回答。吱！（拉開了拉鍊）「半小時以前伯納來了電話。」吱！吱！她扒掉了內衣內褲。「他有個意外的約會。」吱！「問我今天晚上是不是帶野蠻人去看感官電影。我得要趕快。」她匆匆跑向浴室去了。

「好個幸運的女孩。」芬妮眼看著蕾妮娜走掉，自言自語道。

忠厚的芬妮只敘述了事實，話語裡沒有妒忌。蕾妮娜確實幸運，因為並不起眼的她反映了流行時尚的光輝，她跟伯納共用了很大一部分那野蠻人的巨大名氣。佛特女青年會的秘書不是請她去報告過經歷嗎？愛神俱樂部不是已經邀請她參加了年度宴會嗎？她不是已經上了感官電影新聞嗎？——不是叫全星球數以億計的人都看得見，聽得清，觸摸得著了嗎？

顯耀人物對她的注意也同樣令她得意。總統的第二秘書請她去用過晚宴，吃過早飯。佛特大法官曾經邀請她一起度過週末，還有個週末又是跟坎特伯雷社區首席歌唱家度過的。內外分泌公司的董事長老給她打電話。她還跟歐洲銀行副主任去過一趟道維爾。

「當然很美妙，可是在一定意義上，」她對芬妮承認過，「我覺得自己有點像在弄虛作假。因為，當然，他們首先想知道的是跟野蠻人做愛是什麼滋味，而我卻只能說我不知道。」她搖搖頭，嘆了一口氣。「他漂亮極了，你不覺得嗎？」

「可是，他喜歡你嗎？」芬妮問。

「我覺得他有時喜歡，有時又不喜歡。他總是盡量回避我。我一進房間他就往外走。他總不肯碰我，甚至不肯看我。但是我有時突然轉過身去，又會發現他在盯著我。那時候──男人愛上了你那情況你是知道的。」

是的，芬妮知道。

「我不明白。」蕾妮娜說。

她就是不明白，不但不明白，而且相當生氣。

「因為，你看，芬妮，我喜歡他。」

她越來越喜歡他了。哎，總得有個真正的機會，她洗完澡給自己拍香水時想。啪，啪──真正的機會。她那歡樂的心情奔流洋溢，化成了歌聲。

「抱緊我，讓我迷醉。情哥哥；
親吻我，親得我發昏入魔；
抱緊我，情哥哥，美妙的兔兔；
像唆麻的愛情，多麼舒服。」

馨香樂器正在演奏一支令人清新愉快的香草隨想曲——麝香草、熏衣草、迷迭香、紫蘇草、桃金娘和龍蒿發出起伏搖擺的琶音，馥郁的音符通過一連串大膽的變調融入了龍涎香，再通過檀香、樟腦、西洋杉和新割的乾草，緩緩回到樂曲開始時那樸素的香味（其間偶然間雜著微妙的噪音——一點豬腰布丁和似有若無的豬糞味）。掌聲在最後的一陣席香草香氣消失時響起，燈光亮了，合成音樂音箱裡的錄音帶開始播放。空氣裡充滿了超高音小提琴、超級大提琴和代雙簧管三重奏的懶洋洋的悅人的音樂。在三四十個小節之後，一個遠超過人類聲音的歌喉開始在器樂伴奏中婉轉歌唱，時而發喉音，時而發頭音，時而悠揚如長笛，時而是表現渴求的和聲，從嘉斯帕·佛爾斯特的破記錄的低音（低到了樂音的極限）輕輕鬆鬆升到了蝙蝠般顫抖的高音，比最高C還高出許多——那調子在歷史上眾多的歌唱家之中只有路克利齊亞·阿胡加瑞曾經尖利地唱出過一次。那是一七七〇年，在帕爾馬公爵歌劇院，令莫扎特大吃了一驚。

蕾妮娜和野蠻人陷在他們的充氣座位裡聽著，嗅著。這時已經是使用眼睛和皮膚的時候。

音樂廳的燈光熄滅了，火焰一般的大字鮮明閃亮，好像在黑暗中漂浮：全超級歌唱、合成對話、嗅覺樂器同步伴奏、彩色立體感官電影〈直升機裡三星期〉。

「抓住你椅子扶手上的金屬把手，」蕾妮娜說，「否則你就體會不到感官效果。」

野蠻人按照她的話做了。

此刻那些火焰一樣的字母消失了。十秒鐘完全的黑暗，然後，一個碩大無朋的黑人和一個短腦袋的正貝塔金髮女郎突然彼此摟抱著站立在那裡，比實際的血肉之軀還不知道立體化多少，耀眼多少，不知道比現實還要現實多少。

野蠻人大吃了一驚。他嘴上是什麼感覺呀！他抬手一摸嘴，酥麻感消失了。他的手一落到金屬把手上，酥麻感又來了。他的嗅覺器官聞到了純淨的麝香味。錄音帶上一隻超級鴿子像快要死去一樣叫著，「咕——咕——」每秒只振動三十二次。一個比非洲的低音還低的聲音回答道，「啊——啊。」「嗚——啊！嗚——啊！」立體化的嘴唇再次吻到一起。阿漢布拉影院的六千觀眾臉上的催情帶全酥麻了，通體舒暢的歡樂幾乎叫人受不了，「嗚……」

電影的情節極其簡單。一支對唱曲唱完，最初的「嗚！」和「啊！」過去（在那張有名的熊皮上的做愛戲演過，每一根毛髮都清晰可辨，明確地區分——命運預定局長助理的話完全沒有錯），那黑人便遇見了直升機事故，頭朝下摔了下來。砰！腦袋摔得好痛！觀眾席上爆發出了一大片「哎呀！」「喔唷！」之聲。

震盪把黑人的條件設置徹底改變了。他對金髮的貝塔女郎產生了排他性的瘋狂愛情。女郎抗拒，黑人堅持。鬥爭，追求，襲擊情敵，最後是非常刺激的綁架。金髮貝塔被擄掠到了天上，在那兒懸了三個星期，跟那瘋狂的黑人單獨一起，嚴重地妨害了社會。最後，三個英俊的阿爾法經過一連串冒險和許多空中的打鬥翻滾，終於把女孩救了回來；把黑人送到了成人再設置中心。電影快樂地。花哨地結束，金髮貝塔成了三個救星的情婦。四個人插入了一個合成音樂四重唱，由超級交響樂隊全面伴奏，還配合了嗅覺器官的梔子花香。熊皮最後出現，在響亮的薩克斯音樂中，最後的立體接吻在黑暗裡淡出，最後的酥麻震顫在唇上顫抖著，顫抖著，有如瀕臨死亡的飛蛾，越來越弱，越來越輕，終於靜止了，不動了。

但對蕾妮娜來說，那飛蛾還沒有完全死亡。即使在燈光大亮、他們隨著人群慢慢往電梯蜇去時，那飛蛾的幽靈仍然在她的唇上拍著翅膀，在她的皮膚上散佈著精微的，令她震顫的渴求和歡樂。她面頰泛著紅暈，抓住野蠻人手臂，癱軟地摟住它貼在胸前。他低頭看了看她，蒼白了，痛苦了，動了情，卻為自己的欲望感到羞恥。他配不上她，他不夠資格……兩人的眼光碰上了。她的眼光向他許諾了什麼樣的珍寶呀！那氣質可以抵得一個王后的贖金。他趕緊看向別處，抽回了被俘虜的手臂。他暗暗害怕，怕她不再是他配不上的那個女孩。

「我覺得你不應該看那樣的東西。」他說，趕緊把過去和今後可能玷污了她的冰清玉潔的原因轉嫁到環境上去。

「什麼樣的東西，約翰？」

「這樣可怕的電影之類的東西。」

「可怕？」蕾妮娜確實大吃了一驚。「可我覺得很美好。」

「下流，」他義憤地說，「卑鄙。」

她搖搖頭，「我不明白你的意思。」他怎麼那麼奇怪？他怎麼會一反常態來破壞情緒？

在直升計程飛機裡他幾乎沒望過她一眼。他為自己從來沒有說出口的誓言所約束，服從著很久沒有起過作用的法則。他別過身子坐著，一聲不響。有時他整個身子會突然神經質地顫抖起來，好像有手指撥動了一根緊得幾乎要斷裂的琴弦。

計程直升機在蕾妮娜公寓房頂降落。「終於」她下了飛機興奮激動地說。終於——哪怕他剛才那麼奇怪。她站在一盞燈下望著小鏡子。終於到手了，是的，她的鼻子有點發亮。她用粉撲拍上了一點粉。時間正好，他在付計程飛機機費。她抹著發光的地方想著，「他漂亮得驚人，其實用不著像伯納那樣害羞。可是……要是換了個人，老早就幹起來了。好了，現在，終於到手了。」小圓鏡裡那半張臉突然對她笑了。

「再見。」她身後一個聲音吃力地說。蕾妮娜急忙轉過身子。約翰站在計程飛機門口，眼睛緊盯著她，顯然從她給鼻子擦粉時起就在盯著，等待著。可他在等什麼？是在猶豫，是還沒有下定決心，一直在想，想——她想不出他究竟有些什麼不尋常的念頭。「晚安，蕾妮娜。」他又說，努力做出個奇怪的面相，想笑。

「可是，約翰……我以為你打算……我是說，你是否……？」

他關了門，向前彎過身子對駕駛員說了點什麼，計程飛機射向了空中。

野蠻人從窗戶往下看，看見了蕾妮娜仰起的頭在淡藍色的燈光裡顯得蒼白，嘴張著，在叫著什麼。她那因透視而縮小的身姿急速離他而去。房頂那越來越小的方形似乎落進了黑暗裡。

五分鐘後他已回到了自己的房間。他從隱藏的地方找出了那本被老鼠咬破的書。帶著宗教的細心翻開了那髒污打皺的書頁，開始讀起了《奧塞羅》。他記得，奧塞羅跟《直升機上三星期》裡的人一樣是黑人（是摩爾人）。

蕾妮娜擦著眼睛走過房頂，來到電梯前。在下到二十七樓時，她掏出了她的唆麻瓶子。一克是不會夠的，她決定，她的痛苦比一克要大。但是如果吞下兩克，她就有明天早上不能及時醒來的危險。她折中了一下，往她左手手心抖出了三粒半克的藥片。

第十二章

伯納只好對緊閉的門大叫，野蠻人卻不肯開門。

「可是，大家都在那兒等你。」

「讓他們等吧。」屋裡傳來嗡聲嗡氣的回答。

「可是你很明白，約翰。」（又要大喊大叫又要帶說服口氣，多麼困難呀！）「我是特地讓他們來看你的。」

「你倒應該先徵求一下我的意見，問問我願不願見他們。」

「可你以前總來的，約翰。」

「那正是我再也不願來的理由。」

「只不過讓我高興一下，」伯納聲嘶力竭地勸說著，「你就不願意讓我高興一下嗎？」

「不願意。」

「真不願意？」

「真不願意。」

絕望了。「那我怎麼辦呢？」伯納哀號了起來。

「那你就趕快走！」屋裡的聲音吼叫著，很懊惱。

「可是坎特伯雷社區首席歌手今晚要來。」伯納幾乎哭了。

「Ai yaa takwa，」野蠻人只能用祖尼語才能確切表達他對社區首席歌手的感受。「Hanni-！」他又補充了一句，然後說：「Sons eso tse-na。」（多尖刻的嘲弄口氣！）然後他對地上吐了一口痰——波培也會這麼做的。

伯納終於洩了氣，只好溜回他的屋子，通知等得不耐煩的觀眾野蠻人那天晚上不會來了。客人對這個消息很氣憤。男人們氣得要命，因為上了當，太給這個無足輕重的、持異端觀點的、聲名狼藉的人面子。社會地位越高的人越是憤慨。

「跟我開這種玩笑，」首席歌唱家不斷地說，「跟我！」

女士們更是生氣，認為是聽信了假話——叫一個惡劣的小不點耍了——那人的瓶子被誤加了酒精，只長了個負伽瑪的個頭。那是侮辱。她們的聲音越來越大。伊頓公學的女校長尤其兇狠。

只有蕾妮娜一言不發。她蒼白了臉，坐在角落裡，一種罕見的憂鬱使她藍色的眼睛朦朧，一種跟周圍的人不同的情緒把她和他們隔斷了。她來參加晚會時原懷著一種奇怪而急迫的興奮。「再過幾分鐘，」她剛進屋時還對自己說，「我就會看見他了。我要告訴他我愛他（她是下了決心來的）——愛得比我認識的任何人都深。那時他或許會說……」

他會怎麼說?血液湧上了她的面頰。

那天晚上看完感官電影他為什麼那麼古怪?太古怪了。而我卻絕對有把握他的確相當喜歡我。我有把握……

正是在這個時候伯納宣布了消息:野蠻人不來參加晚會了。

蕾妮娜突然有了一種一般只在受到強烈的代動情素處理時才有的感覺——一種可怕的空虛感,一種叫人喘不過氣來的恐懼感,噁心感。她的心臟彷彿停止了跳動。

「也許是因為他並不愛我。」她對自己說。這種可能性立即變成了確定的事實。約翰拒絕來,是因為他不喜歡她……

「實在太愚蠢了。」伊頓公學的女校長對火葬與磷回收場場長說,「在我認為實際上……」

「的確,」芬妮·克朗的聲音傳來,「酒精的事絕對是真的。我的一個熟人認識一個當年在胚胎庫工作的人。她告訴了我的朋友,我的朋友又告訴了我。」

「太不像話,太不像話了,」亨利·福斯特對社區首席歌唱家表示同情,說。「你也許會感到興趣,那時我們的前任主任正打算把他下放到冰島去。」

伯納那快活自信的氣球繃得太緊,大家說出的話把它戳了個千瘡百孔,大漏其氣。他蒼白、沮喪、激動、心慌意亂,在客人之間走來走去,前言不搭後語地囁嚅著,表示歉意,向他們保證下一回野蠻人准到。他求他們坐下,吃一隻胡蘿蔔素夾心麵包,吃一片維他命A小麵餅或是喝一杯代香檳。他們照吃不誤，卻不理他；他們一面喝著飲料，一面當面出言不遜，或是彼此議論著他，聲音又大，又不客氣，只當他不在。

「現在，我的朋友們，」坎脫伯雷社區首席歌唱家用在佛特日慶祝演出裡領唱的美麗嘹亮的歌喉說，「現在，我的朋友們，我覺得也許時間已經到了……」他站起身來，放下杯子，從他那紫紅色黏膠背心上彈掉不少點心碎屑，向門口走去。

伯納衝上前去，想留住他。

「您真是非走不可嗎，歌唱家先生？……時間還早呢。希望您能夠……」

是的，此舉很出乎他的意料之外。蕾妮娜曾經秘密告訴過伯納，如果他邀請首席歌唱家，他是會接受邀請的。「他確實相當可愛，你知道。」她還讓伯納看了一個T字形的金質小拉鏈鈕，那是首席歌唱家為他們一起在蘭貝斯度過的週末給她的紀念品。為了宣布他的勝利，伯納曾經在每一份請帖上寫上以下的話：與坎脫伯雷首席歌唱家和野蠻人先生見面。但是這位野蠻人先生偏偏選在今天晚上把自己關在屋裡，而且大叫「Hanni！」甚至「Sons eso tse-naa！」幸好伯納不懂祖尼語。那應當成為伯納整個事業光輝頂點的時刻竟然變成了他奇恥大辱的時刻。

「我曾經非常希望……」他抬頭用慌亂和乞求的眼光望著那位大人物，結結巴巴地重複道。

「我的年輕朋友。」社區首席歌唱家用莊重、嚴厲、響亮的聲音說。人們鴉雀無聲。「讓我給你一句忠告。」他對伯納晃動著一根指頭，「還不算太晚的忠告。」他的聲音變得低沉而帶有磁性。「你可要痛改前非，痛改前非。」他在他的頭上畫一個T字，轉過了身子。「蕾妮娜，我親愛的，」他用另一種口氣叫道，「跟我來。」

蕾妮娜服從了，跟在他身後，出了屋子，但是沒有笑容，並不得意（絲毫沒有受寵若驚的意思）。別的客人在一段意味著尊重的時間之後跟著出去了。最後的客人砰的一聲關上門，便只剩下了伯納一個人。他的氣球給戳破了，完全洩了氣，他一屁股坐到了椅子上，用雙手捂住臉，哭了起來。過了幾分鐘，他想通了，吞下了四片唆麻。

野蠻人在樓上讀他的《羅密歐與朱麗葉》。

蕾妮娜和首席歌唱家下了飛機，踏上了蘭貝斯宮的屋頂。「快一點，年輕朋友——我是說你，蕾妮娜。」首席歌唱家不耐煩地從電梯門口叫道。蕾妮娜看了看月亮，逗留了一下，然後垂下了眼皮，匆匆走過屋頂，來到他面前。

穆斯塔法．蒙德剛看完一份檔，標題是〈一條生物學的新理論〉。他沉思地皺起眉頭坐了一會兒，然後提起筆在封面頁上寫道：「作者用數學方法處理目標的設想新奇而極富獨創性，但為不經之論，對當前社會秩序具潛在的顛覆作用，頗為危險，不予發表。」他在那幾個字下畫了根線。「對該作者須加監視，必要時下放海軍至海倫那生物站工作。」很可惜，他簽名時想道，是一篇傑作。但一旦接受從目標出發所做的解釋——結果便很難預料。這一類思想極容易破壞上層種姓中思想不堅定分子已設置的條件——讓他們對體現最高的「善」的幸福失去信心，轉而相信幸福之外還有著存在於當前人類社會以外的目的，從而相信生活的目的不是維護福利，而是深入意識及擴大知識。這話很可能不錯，總統想道，但在目前的環境裡決不能容許。他再次拿起筆，在「不予發表」下面畫上了第二道線，比頭一根還要粗黑。然後嘆了一口氣，「如果人不必考慮幸福的話，」他想，「哪會多麼有趣！」

約翰閉著眼睛，臉上煥發出歡樂的光彩，對著虛空柔情脈脈地朗誦道：

「啊，連火炬也要學習她明亮的燃燒，

她彷彿是在黑夜的面頰旁閃光熠耀，

有如埃塞俄比亞人耳裡豪華的耳墜，

太豪華的美，不能用，在人間太寶貴……」（羅密歐與朱麗葉第一幕第五景）

金質的T字架在蕾妮娜的胸脯上閃光。社區首席歌唱家抓住它，好玩地換了幾下。「我覺得，」蕾妮娜打破了長久的沉默說，「我最好吞兩克唆麻。」

此時的伯納卻睡得正酣，正對著他夢中的私人天堂微笑。微笑，微笑。但無可改變的是，他床頭電鐘的分外每三十秒就要發出幾乎聽不見的一聲「嗒」，跳前一步。嗒、嗒、嗒、嗒……於是到了早上。伯納又回到了時間與空間裡的苦惱之中。他坐上出租飛機來到條件設置中心上班時，情緒低落到了極點。成功的刺激已經煙消雲散，他又清醒了，又故我依然了。跟前幾週暫時膨脹的氣球一對照，他原來的自我在周圍的氣氛裡似乎空前地沉重了起來。

對這個洩氣的伯納野蠻人表現了意料之外的同情。

「你倒更像在馬培斯時的樣子了。」伯納把自己的悲慘遭遇告訴他時，野蠻人說，「你還記得我們第一次談話的時候嗎？在那所小房子外面。你現在就跟那時一樣。」

「我又不快活了，原因就在這裡。」

「要是我呀，我倒寧願不快活，而不願意得到你在這兒的這種撒謊撒來的快活。」

「可是我喜歡，」伯納痛苦地說，「這都怪你。你拒絕參加晚會，弄得他們全都反對我！」他明白自己這話不公正，因而很荒謬。他心裡也承認野蠻人此刻的話說得很對：能夠因為那麼渺小的理由就反目成仇的朋友是沒有價值的。但是儘管他明白而且承認這個，儘管實際上朋友的支持和同情現在是他僅有的安慰，他仍然在心裡頑固地、秘密地滋長著一種對那野蠻人的怨恨之情（伴隨那怨恨的也有對他的真誠情感），要想對他搞一場小小的報復，給他點苦頭吃吃。讓對首席歌唱家的怨恨滋長是沒有用的，要報復換瓶主任或命運設置主任助理也辦不到。可在伯納看來，那野蠻人作為報復對象卻具有超過那幾個人的巨大優越性，因為他是可以報復的。朋友的主要功能之一就是：我們想施加而無法施加於敵人的懲罰，他們能夠以一種較為溫和也較為象徵性的形式接受。

伯納可以傷害的另一個人是赫姆霍茲。在他心煩的時候伯納又去跟赫姆霍茲套近乎了（在他得意時是認為那友誼不值得維持的）。赫姆霍茲給了他友誼，沒有責備，沒有指斥，好像忘了曾經有過的爭吵。伯納很感動，同時又覺得那種寬容對他還是一種侮辱。這種寬容越是不尋常就越是叫他丟臉，因為那全是出於赫姆霍茲的性格，而與唆麻無關。那是日常生活裡的不計前嫌、慷慨給予的赫姆霍茲，而不是在半克唆麻造成的假期裡的赫姆霍茲。伯納照常心懷感激（朋友回到身邊是一種巨大的安慰），卻也照常心師不滿（若是能夠報復一下赫姆霍茲的慷慨倒是一種樂趣）。

在兩人生疏之後第一次見面時，伯納傾訴了苦痛，接受了安慰。等到他意識到自己並不是唯一遇上麻煩的人因而感到意外和慚愧時已經是好幾天以後的事了。

赫姆霍茲跟領導之間也有過衝突。

「那是幾首順口溜引起的，」赫姆霍茲解釋道，我在教三年級學生高級情緒工程課。分十二講。其中第七講是關於順口溜的。確切地說是：順口溜的使用在道德宣傳和廣告中的作用。我一向用許多技術上的例子證實我的報告。這一回我覺得應該拿我新寫的一首順口溜作為例子。當然，那純粹是發瘋，但是我忍不住。」他笑了。「我很好奇，想看看學生們的反應。」而且他更加嚴肅地說，「我想做一點宣傳。我想支配他們，讓他們也體會到我寫那順口溜時的感受！」他又笑了。「好個軒然大波！校長叫了我去，威脅說馬上要開除我。我受到了他們的注意。」

「你那是個什麼順口溜？」伯納問。

「那是關於孤獨的。」

伯納揚起了眉頭。

「你要是願意聽，我就背給你聽聽。」赫姆霍茲開始了：

「委員們昨天開過的會，
只是個破鼓，殘留未去，
黑更半夜的這個城市，
不過是真空裡幾聲長笛。
緊閉的嘴唇，滿臉的睡意，
已經停開的每一部機器，
扔滿雜物的寂靜的場地，
會眾們就曾在這裡來去……
大家都喜歡這片片的寂靜，

哭吧，放聲大哭或是飲泣；
說話吧——可那說出的話語
是誰的聲音，我並不明白。
不在場的人們，比如蘇希，
還有艾季麗亞，她也缺席，
她們的胸脯，她們的手臂，
啊，還有臀部，還有那嘴，
一件件都慢慢地變成了實際。
誰的實際？我問，什麼實際？
什麼東西有這樣荒謬的本質？
壓根兒就不存在的什麼物事
卻能夠填滿了這空虛的黑夜，
竟比跟我們親密接觸的東西
存在得更加實際，更加具體——
可為什麼好像竟那麼污穢？

——哼，我拿這個給學生舉了個例，他們就告到校長那兒去了。」

「我並不意外，」伯納說，「這完全是反對他們的睡眠教學的。記住，他們為反對孤獨所發出的警告多達數十萬次。」

「這我知道，但是我認為應當看效果如何。」

「可不，你現在就看見了。」

赫姆霍茲只是笑了笑。「我覺得，」沉默了一會兒，他說，「我好像剛開始有了可寫的東西，彷彿剛開始能使用那種我覺得自己內心所具有的力量——那種額外的潛力。似乎有什麼東西向我走來了。」伯納覺得，赫姆霍茲儘管遇到了那麼多麻煩，倒好像打心眼裡覺得快活。

赫姆霍茲立即跟野蠻人一見如故。因此伯納從內心感到一種強烈的妒忌。他跟那野蠻人一起待了好多個星期，卻沒有跟他建立起赫姆霍茲很快就跟他建立起的那種深厚的友誼。他看著他們談話，聽著他們談話，他發現自己有時怨懟地希望自己從來沒有讓他倆成為朋友。他為自己的妒忌羞愧，時而用意志力，時而用唆麻來打消自己這種念頭。但是種種努力的作用都不大。而唆麻假總是難免有間歇的。那惡劣的情緒不斷地回到心頭。

在赫姆霍茲跟野蠻人第三次見面時，赫姆霍茲背誦了他詠嘆孤獨的順口溜。

「你覺得這詩怎麼樣？」背誦完畢他問道。

野蠻人搖搖頭。「你聽聽這個，」他打開放著他那本叫耗子咬過的書的抽屜，翻開書讀道：

「阿拉伯唯一的高樹梢，

那隻鳥鳴聲最高亢，
傳達凶耗，吹奏號角……」（莎士比亞「鳳凰與斑鳩」）

赫姆霍茲越來越激動地聽著。聽見「阿拉伯唯一的高樹」時他吃了一驚。聽見「你這個先行報凶者啼聲淒厲」時突然快活地笑了。聽見「每一隻羽翼兇悍的鷙鳥」時血便往他面頰上湧。但聽見「死亡的音樂」時便蒼白了臉，帶著一種前所未有的情緒顫抖起來。野蠻人繼續讀道：

「這一來自我便淡化隱去，
自己跟自己再不相同，
單一本質的兩個名稱，
既不叫仁，也不稱一。
眼見得分離的合在一處，
二合為一，雙方不見……」

「歡快呀淋漓！」伯納以一種令人不愉快的大笑打斷了朗誦。「這不就是一首團結祈禱聖歌嗎？」他這是在進行報復，因為那兩個朋友之間的感情超過了對他的感情。

在以後的兩三次見面裡他還多次重複過這個報復的小動作。這動作雖簡單，卻非常有效，因為破壞或玷污一首他們喜愛的水晶樣的詩歌能給予赫姆霍茲和野蠻人嚴重的痛苦。最後赫姆霍茲威脅說，他如果再那麼打岔就把他趕出屋子去。然而，奇怪的是，下一次的打岔，最丟臉的打岔，卻來自赫姆霍茲自己。

野蠻人在大聲朗誦《羅密歐與茱麗葉》——帶著一種激動而顫抖的激情朗誦著，因為他總是把自己當做羅密歐，而把蕾妮娜當做茱麗葉。赫姆霍茲是帶著說不清的興趣聽清人們第一次會見那場戲的。果園一場曾以其詩意令他高興，但是它所表現的感情卻叫他忍不住想笑。跟一個女孩鬧得那麼不可開交，他覺得似乎滑稽。可是在他一點一點地受到文辭感染之後，又覺得它所表達的激情十分精彩。「那個老傢伙，」他說，「能叫我們最優秀的宣傳專家變成傻瓜呢。」野蠻人勝利地笑了，又繼續朗誦。一切都進行得相當順利，直到第三幕的最後一場。凱普萊特和凱普萊特夫人開始強迫朱麗葉嫁給帕里斯的時候。赫姆霍茲聽那一幕時一直不大安靜，但是在這時朱麗葉用野蠻人模仿出的傷感語調叫道：

「在雲端難道就沒有慈悲的神靈

能看見我心裡這悲傷的底奧？

啊，親愛的媽媽，不要扔棄我，

讓婚禮推遲一個月，一個星期吧，

要是不行，就把我的婚慶放進

提伯爾特長眠的那昏暗的墓地。」

聽到這一段時赫姆霍茲突然忍不住了，爆發出了一陣哈哈怪笑。

媽媽！爸爸！多麼荒唐的猥褻，叫女兒要她不願意要的人！而那女兒竟然白痴到不知道說明她已經有了心上人（至少那時有）！這樣的淫猥荒唐，叫人不能夠不覺得滑稽。對於從心底升起的笑意，他曾經竭力壓制，但是，又是「親愛的媽媽」（那野蠻人用那傷感的顫抖的語調念出的），又是提伯爾特死了，卻躺在那裡，顯然沒有火化，為一座陰暗的陵墓浪費了他的磷。這些都叫他實在難於控制自己。他哈哈大笑，再哈哈大笑，笑得眼淚直流。他老是忍不住要笑，野蠻人感到受了侮辱，臉色蒼白了，越過書頁頂上盯著他。然後，由於他還在笑，便憤憤地合上書，站了起來，像一個從豬玀面前收起珍珠的人，把書鎖進了抽屜。

「不過，」在赫姆霍茲喘過氣來，可以道歉時，便讓野蠻人聽了他的解釋，消了氣，「我很懂得人們是需要那樣荒唐瘋狂的情節的，因為不這樣寫就不能寫出真正好的東西來。那老傢伙為什麼能夠成為那麼了不起的宣傳專家呢？因為他有那麼多糊塗的、能氣死人的故事，能叫人激動。他得叫你難受，叫你生氣，否則你就體會不到那些真正美好的、深刻的、像X光一樣的詞語。可是那些『爸爸』呀，『媽媽』呀，他搖搖頭。「在那些『爸爸』、『媽媽』面前你就無法叫我板著面孔。誰能夠因為一個男娃娃要了，或是沒有要一個女娃娃而激動呢？」（野蠻人退縮了；但赫姆霍茲凝望著地板沉思，沒有看見。）「不會的。」他嘆了一口氣，結束了談話。「不會激動的。我們需要別的種類的瘋狂和暴力。但是，是什麼？什麼樣的？到哪兒找去？」他住了嘴，搖著頭說，「我不知道，」最後再說了一句，「我不知道。」

第十三章

亨利・福斯特在胚胎倉庫的昏暗之中逐漸露出身影。

「今天晚上願意去看看感官電影嗎？」

蕾妮娜沒有說話，搖了搖頭。

「要跟別人出去嗎？」他對什麼女孩在跟他的什麼朋友來往感到興趣。「是班尼特嗎？」他問道。她又搖搖頭。

亨利從她那紅眼睛裡，從她那紅斑狼瘡式的光線下的蒼白裡看出了厭倦，從她那沒有笑意的鮮紅的嘴角看出了悲哀。「你該不是生病了吧？」他問道，有幾分著急。有幾種疾病還沒有消滅，他擔心她染上了其中之一。

可是，蕾妮娜再一次搖了搖頭。

「總之，你應該去看看醫生，」亨利說，「每天看醫生，百病不擔心。」他高高興興地說，拍拍她的肩膀，把他那唾眠教育的格言拍進她心裡。「也許你需要一點代妊娠素，」他建議，「再不然就做一次超量的代強烈情素治療。你知道標準的代動情素並不十分……」

「啊，為了佛特的緣故！」一直沉默的蕾妮娜現在說話了，「別講了！」她轉身又去弄她剛才忽略了的胚胎。哼，做什麼代強烈情素治療，如果不是痛苦得想哭，她幾乎要笑出聲來。好像她自己的強烈情緒還不夠多似的。她發出了一聲深沉的嘆息，再吸滿了針。「約翰，」她喃喃地自語道，「約翰……」然後，「佛特呀！」她糊塗了，「這個胚胎的昏睡病預防針打了沒有？沒有嗎？」她簡直不記得了。最後她決定不讓它冒挨第二針的危險，便往下做，去打另外一瓶。

從那時刻起，二十二年八個月零四天之後，一個前途遠大的負阿爾法官員將會因患昏睡病死去，那將是半世紀內的第一例。蕾妮娜嘆了一口氣，繼續工作。

一小時以後，芬妮在更衣室裡提出了嚴重抗議。「但是，讓你自己鬧成這種狀態是荒唐的，純粹是荒唐。」她重複道，「而且是為了什麼？為了一個男人，一個男人。」

「可我要的就是他一個。」

「好像世界上的男人不是數以百萬計似的。」

「可是，別人我都不想要。」

「你連試都沒試過怎麼知道？」

「我試過了。」

「試過幾個？」芬妮輕蔑地聳聳肩，問道，「一個？兩個？」

「幾十個。可是，」她搖搖頭，「毫無用處。」她補充道。

「那你就應當堅持，」芬妮像引用警句一樣說，「不能持之以恆，絕對一事無成。」但是她對自己開的藥方也失去了信心。

「可我同時……」

「你就別老想著他。」

「我辦不到。」

「那你就吞唆麻。」

「吞過了。」

「再吞。」

「但是醒過來還是想。我永遠都要喜歡他。」

「如果是那樣，」芬妮下了決心，說，「你為什麼不索性去弄到手？管他喜不喜歡。」

「可你不知道他古怪得多可怕。」

「正是因此你才特別喜歡他？」

「說起來倒容易。」

「別管那些胡說八道，上吧。」芬妮的聲音像喇叭，可以到佛特女青年會當講師，晚上給負貝塔少年們訓話。「對，上，現在就上。」

「我會害怕的。」蕾妮娜說。

「那就只消先吞下半克唆麻。現在我可要洗澡去了。」芬妮拖著毛巾走掉了。

鈴聲響了，野蠻人跳了起來，向門邊走去——他已經等得不耐煩。赫姆霍茲原說那天下午來的——他終於決心跟他談談蕾妮娜的事了，早已迫不及待要想傾吐心裡的話了。

「我早預感到是你來了，赫姆霍茲。」他一邊開門、一邊叫道。

站在門口的卻是蕾妮娜，一身白色黏膠綢水手裝，左耳邊俏皮地斜扣了一頂白色圓帽。

「啊！」野蠻人叫了出來，彷彿有人狠狠給了他一拳。

半克唆麻已足以讓蕾妮娜忘了害怕和羞澀。「嗨，約翰。」她微笑著說著擦過他身邊，進了房間。野蠻人機械地關上門，跟在她身後。蕾妮娜坐了下來。長時間的沉默。

「你見了我好像不太高興似的，約翰？」她終於說道。

「不高興？」野蠻人不以為然地望著她，突然在她面前跪了下來，抓住她的手，衷心崇拜地吻著。「不高興？啊，但願你能明白我的心。」他低聲說，鼓足了勇氣抬起頭望著她的臉。「我崇拜的蕾妮娜，」他說了下去，「你是我最崇拜的人，抵得世上最珍貴的東西。」（暴風雨第三幕第一景）她帶著艷麗的溫柔對他微笑了。「啊，你是那麼十全十美。」他說。（她微微張開嘴唇，向他靠了過去。）「你天生就那麼沒法挑剔、舉世無雙。」他說。（嘴唇越來越向他靠近了。）「是世間一切生靈的魁首。」（嘴唇更靠近了。）野蠻人突然跳了起來。「因此我打算，」他把臉轉開了，「要先完成一件事……來證明我配得上你——並不是說我真有資格，只是想表明我並非絕對配不上你。我要想先辦一件事。」

「你為什麼非要先辦……」蕾妮娜開始了，卻住了口，口氣略帶慍怒。人家微張嘴，向你靠來，越靠越近，卻突然發現靠了個空，你這個笨蛋卻跳到一邊去了。哼，儘管有半克唆麻在血液裡流動，也免不了有充分的道理叫她煩惱。

「要是在馬培斯，」野蠻人前言不搭後語地卿咕道，「就應該給你帶一張山獅皮來——我是說如果想跟你結婚的話。否則就帶一隻狼也行。」

「可是英格蘭共沒有獅子。」蕾妮娜幾乎怒吼了。

「即使有獅子，」野蠻人突然恨恨地輕蔑地說下去，「我也擔心他們是會坐了直升飛機去射殺，或是用毒氣之類的東西去捕獵的；我可決不會幹那種事，蕾妮娜。」他挺了挺胸，鼓起勇氣看著她，卻看見蕾妮娜懊惱地，不理解地反盯著他，他狼狽了，更加語無倫次了。

「我一定要做點什麼，你要我做什麼我就做什麼。有一類遊戲是很吃力的，但興趣會使人忘記辛苦。這正是我的感覺。我是說，如果你需要，我可以為你掃地。」

「但是我們這兒有真空除塵器，」蕾妮娜莫名其妙地說，「哪兒用得著掃地呀！」

「當然用不著，有一類卑微的工作是用艱苦卓絕的精神忍受的，最低賤的事往往指向最崇高的目標。我想用艱苦卓絕的精神忍受一些壓力。你明白嗎？」

「但是，既然有了真空除塵器……」

「問題不在這兒。」

「而且除塵器還由愛普塞隆半白痴使用，」她繼續說，「老實說吧，為什麼還要……？」

「為什麼？為了你，為了你呀。只是為了表示……」

「可是真空除塵器跟獅子能有什麼關係？」她越來越氣惱了。

「我多愛你呀，蕾妮娜。」他幾乎是氣急敗壞地和盤托出了。

熱血湧上了蕾妮娜的面頰，象徵著歡樂的潮水在她的內心猛烈地激蕩。「你真的非常愛我嗎，約翰？」

「可是，我還沒有打算說那句話，」那野蠻人雙手手指痛苦地交叉在一起，叫了起來，「戲要等到……聽著，蕾妮娜，在馬培斯，人們是要結婚的。」

「結什麼？」怒氣又悄悄潛回了她的聲音。在這樣的時刻他還在胡扯些什麼呀？

「『永遠，』他們發出諾言，永遠生活在一起。」

「多麼可怕的念頭！」蕾妮娜真叫嚇壞了。

「用心靈來超越外表的美醜。因為心靈再生的速度超過了血液的衰老。」

「什麼？」

「莎士比亞說的。若是在神聖的禮儀充分完成之前，你就解開了她童貞的結子……」

「為了佛特的緣故，不要再瞎說了。你的話我可是一句也不懂。開頭是什麼真空除塵器，然後又是什麼結子，你快要把我急瘋了。」她跳了起來，一把攥住了他的手腕，彷彿既害怕他的肉體會從她身邊跑掉，又害怕他的。動也會飛走似的。「回答我這個問題：你真的愛我還是不愛我？」

短時間的沉默。然後他以極其輕柔的聲音說道：「我愛你勝過世上的一切。」

「那你為什麼不早說？」她叫道。她非常懊惱，尖指甲竟摳進了他的掌心。「為什麼要胡扯些結子、除塵器和獅子什麼的，叫我痛苦了好幾個星期。」

她鬆開了他的手——氣沖沖地一甩扔掉。

「我要不是那麼愛你的話，就要對你大發脾氣了。」

她的手臂突然摟住了他的脖子，他感到她那柔軟的雙唇貼到了自己的唇上。柔軟得那麼美妙，那麼溫暖，那麼銷魂，他發現自己想起了《直升機上三星期》裡的擁抱。嗚，嗚！那立體的金髮女郎，還有，啊！比真實還要真實的黑人。可怕、可怕、可怕……他想掙脫她的擁抱。蕾妮娜卻摟得更緊了。

「那你為什麼不早告訴我！」她輕聲地說，挪開了臉盯著他看，眼光裡帶著溫柔的責備。

「即使在最昏暗的洞窟，最方便的場合，（良心的聲音發出帶詩意的雷鳴）有何機而來的精靈的最強烈的煽惑，也不能把我的廉恥化為肉欲，決不，決不！他下了決心。

「你這個傻孩子！」她說，「我是多麼想要你呀！你既然也想要我，為什麼不……？」

「可是蕾妮娜……」他開始反對。她立即抽回了雙臂，離開了他。他一時還以為她已經接受了他無言的暗示呢，但是在她解開她那條白色專利的皮藥囊帶，把它仔細掛到椅背上時，他開始覺得自己錯了。「蕾妮娜。」他恐懼地重複了一句。

她把手放到脖子邊，向下長長一拉，那白色的水手裝便已經一解到底。這時懷疑的露水便凝結成了過分、過分堅實的真實。「蕾妮娜，你在幹什麼？」

哧！哧！她做出無聲的回答。雙腿從燈籠褲裡踩了出來，拉鍊內衣是泛珠光的粉紅色，胸前晃動著社區首席歌手送她的T字架。

「因為透過胸衣扎進男人眼裡的女人的乳峰……」那些雷霆一般的透著玄機的詩句似乎使她變得雙倍的妖冶，也雙倍的危險了。柔膩的、柔膩的乳峰有多大的穿透力呀！它們鑽穿了，扎透了理智，挖出了隧道，刺穿了決心。「在血裡的火焰面前，即使最堅定的誓言也不過是一蓬乾草。要越加節制自己，否則……」

哧！渾圓的粉紅色裂開，像整整齊齊切開的蘋果。兩條胳臂一晃，右腳一抬，左腳一抬，拉鍊內衣也落到地上，像是洩了氣，失去了生命。

她仍然穿著鞋襪，俏皮地斜戴著白色的小帽，向他走來。「親愛的，親愛的！你怎麼不早說呢！」她向他伸出了雙臂。

可是，野蠻人並沒有用「親愛的！」作答，也沒有伸出胳臂，反倒是嚇得倒退了幾步，向她連連揮著雙手，好像在驅趕著闖進來的毒蛇猛獸。一退四步已經靠近了牆壁。

「親親！」蕾妮娜說，雙手放到他肩頭，身子貼了過去。「抱緊我，抱得我陶醉，我愛。」她的心裡也有詩，知道一些能夠歌唱的話句，是符咒，是鼓點。「吻我吧。」她閉上了眼睛，聲音降成了睡意朦朧的呢喃，「吻得我昏過去吧，擁抱我吧，親親，溫柔地……」

野蠻人抓住她的手腕，從肩上甩開了她的雙臂，粗野地把她推到幾尺以外。

「啊，你弄疼我了。你……哦！」她突然不做聲了，恐怖已讓她忘記了疼痛。她睜開眼睛，看見了他的面孔——不，那不是他的面孔，而是一張陌生人的兇狠的面孔。蒼白，扭曲，由於某種瘋狂的。難以解釋的狂怒抽搐著。她驚呆了。「你怎麼啦，約翰？」她低聲說。他沒有回答。只用那雙瘋狂的眼睛盯住她的臉。他那握住她手腕的手在發抖。他不規則地深深地喘著氣。聲音微弱，幾乎聽不見，卻很可怕。她突然聽見他在咬牙。「怎麼回事了？」她幾乎尖叫起來。

他彷彿被她的叫聲驚醒，抓住她的雙肩搖晃著她。「婊子！」他大叫，「不要臉的婊子！」

「啊，別，別。」被他一搖晃，她的聲音奇怪地顫抖著，抗議道。

「婊子！」

「可別——那麼講。」

「該死的婊子！」

「一克咬痲勝過……」她開始了。

野蠻人猛然一推，她一個趔趄，摔倒了。「滾吧！」他咄咄逼人地俯瞰著她，叫道：「別叫我看見你，否則我殺掉你。」他捏緊了拳頭。

蕾妮娜舉起胳臂，想擋住臉：「別，求你別，約翰……」

「快滾，快！」

她用恐怖的眼光盯著他的每一個動作，翻身爬起，一條胳臂遮住臉，弓著身子向浴室跑去。一巴掌狠狠地打發她快滾，聲音像手槍。

「哦嗚！」蕾妮娜往前一躥。

她把自己關在浴室裡，安全有了保證，再慢慢觀察自己受到的傷害。她背對著鏡子，扭過頭從左肩望去，珍珠色的皮膚上有一個鮮明的紅色巴掌印。她小心翼翼地揉著受傷的部位。

外面，另外一間屋子裡，那野蠻人在大踏步地走來走去，踏著鼓點和魔咒的節奏。「鷦鷯在幹那把戲，金色的小蒼蠅在我面前也公然交尾。」話句震響在他耳裡，令他發瘋。「她自己幹起那回事來，比臭鼬和騷浪的馬還要浪得多哩。她們上半身雖是女人，下半身卻是淫蕩的妖怪；腰帶以上雖由天神佔有，腰帶以下全歸一群魔鬼；那裡是地獄，那裡是黑暗，那裡是硫磺火坑，灼熱，惡臭，糜爛。啐！啐！呸！呸！好藥劑師，你給我稱一兩扇香，讓我解解我想像中的臭

氣。」（李爾王第四幕第六景）

「約翰，」浴室裡傳來一陣哀求，「約翰。」

「啊，你這野草閒花啊！你的顏色是這樣嬌美，你的香氣是這樣芬芳，人家看見你，嗅到你就會心疼。難道這一本美妙絕倫的書竟是要讓人寫上『婊子』兩字的嗎？天神見了也要掩鼻而過的……」（奧羅塞第四幕第二景）

但是她的香氣仍然流蕩在他周圍，他的短衫上還有白色，那是使她那滑膩的身子芬芳的撲粉。「不要臉的婊子，不要臉的婊子，不要臉的婊子，」那無情的節奏自己拍打了出來，「不要臉的……」

「約翰，你認為我可以穿上衣服嗎？」

他抓起了她那燈籠褲、女短衫和拉鍊內衣褲。

「開門！」他命令道，踢著門。

「不，我不開。」那聲音帶著畏懼和反抗。

「那我怎麼把衣服給你呢？」

「從門上的氣窗塞進來。」

他照她要求的做了，又煩躁地在屋子裡走來走去。不要臉的婊子，不要臉的婊子。「屁股胖胖的，手指粗得像馬鈴薯一樣的荒淫的魔鬼……

「約翰。」

他不願意回答。「屁股胖胖的，手指粗得像馬鈴薯。」

「約翰。」

「怎麼？」他氣衝衝地說。

「你能夠把我的馬爾薩斯腰帶遞給我嗎？」

蕾妮娜坐著，聽著隔壁房間裡的腳步聲。一邊聽，一邊想著，他要像這樣走來走去走多久？她是不是非得要等到他離開屋子？能不能夠給他一點合理的時間，讓他的氣消下去，然後打開浴室門衝過去取？會不會有危險？

她正在這樣不安地思考著，卻被另外那房間裡的電話聲打斷了。腳步聲突然停止，她聽見野蠻人在跟聽不見的聲音交談。

「哈囉。」

「……」

「我就是。」

「……」

「我要不是冒充我自己，我就是。」

「……」

「是的，你沒有聽見我的話嗎？我是野蠻人先生。」

「……」

「什麼？誰病了？我當然有興趣。」

「……」

「可是，病得嚴重嗎？」

「……」

「不在她屋裡？把她送到哪兒去了？」

「……」

「啊，上帝呀。地址是？」

「……」

「公園巷三號——是嗎？三號？謝謝。」

蕾妮娜聽見話筒放回原處咔噠一響，然後是匆匆的腳步聲，門砰的一聲關上了。一片寂靜。他真走了嗎？

她小心翼翼地把門開了一條縫，往外一看。空無一人，她受到鼓舞，再開了一點，伸出了頭，最後跟著腳尖走了出去，帶著狂跳的心站了幾分鐘，聽著；然後衝到門口，開門溜出，再砰的一聲關上，跑了起來。直到她衝進電梯，電梯往下行駛，才感到了安全。

第十四章

公園巷彌留醫院是一幢櫻草花色磚瓦修建的六十層樓大廈。野蠻人下了出租飛機，一列五彩繽紛的空中靈車正好從房頂欸欸飛起，掠過公園，向西邊的羽蛻火葬場飛去。在電梯門口警衛組長把他需要的消息告訴了他。他在十七層樓下了電梯，來到八十一號病房（組長解釋那是急性衰老病房）。

病房很大，因為陽光和黃色塗料顯得明亮。共有二十張床，每張床上都有病人。琳達跟別的病人一起，快要死了——跟別的病人一起，享有一切現代化的設備。空氣裡永遠流蕩著合成音樂愉快的樂曲，每一張床床尾都有一部電視機，正對著垂死的人，從早到晚開著，像永不關閉的水龍頭。病室裡的主要香味一刻鐘自動改變一次。「我們設法，」從門口起就負責陪同野蠻人的護士解釋道，「在這兒創造一種充分的愉快氣氛，介乎第一流賓館和感官片宮之間——如果你能明白我的意思的話。」

「她在哪兒？」野蠻人不理會她這些禮貌的解釋，問道。

護士覺得受了冒犯。「你倒是很著急呢。」她說。

「有希望沒有？」他問。

「你是說不死的希望嗎？」（他點點頭）「當然不會有。送到這兒來的都是沒有希望的……」她一見他蒼白的臉上那痛苦的表情便吃了一驚，住了嘴。「怎麼，有什麼事大不了的？」她問。對於客人的這種反應她很不習慣（不過，不是因為這兒的客人不多，其實客人也不應該多。）「你該不是生病了吧？」

他搖搖頭。「她是我的母親。」他用幾乎聽不見的聲音說。

一聽這詞護士用驚訝、恐怖的眼光看了他一眼，隨即看向別處。她臉紅了，從太陽穴一直紅到了脖子根。

「帶我到她那兒去。」野蠻人竭力用平常的口氣說。

她紅著臉領他來到了病房。穿過病房時那些仍然年輕的，尚未衰老的臉（因為衰老發展極為迅速，心臟和腦子老化了，面孔還沒有來得及老化）向他們轉了過來。第二度嬰兒期的茫然的、沒有好奇心的眼神追隨著他們路過的身影。野蠻人看見他們的樣子不禁打了個寒噤。

琳達躺在她那一排的最後一張床上，靠著墊子看著南美瑞曼式球場網球冠軍賽半決賽。那情景在床腳的電視螢幕上無聲地放映著，畫面縮小了。在發光的方形螢屏上小小的人形不出聲地跑來跑去，像水族館裡的魚——全是另一個世界裡的激動卻不出聲的人。

琳達繼續看著電視，發出似懂非懂的曖昧的微笑，蒼白浮腫的臉上綻出白痴般的歡喜。眼皮不時地閉一閉，似乎打了幾秒鐘盹，微微一驚，又醒了過來，看見了水族館裡的奇怪的網球運動員；聽見了超高音歌唱家伍立哲·瑞安娜的歌「擁抱我直到我迷醉，親親」；嗅到了她頭上通風機送來的新鮮馬鞭草香——她醒過來時感覺到了這些東西，毋寧說是感覺到了一個夢，一個經過她血液裡的唆麻改造過，打扮成的輝煌構成的夢。她再次露出嬰兒似的滿足的微笑。那微笑殘破而暗淡。

「好了，我得走了，」護士說，「我的那幫孩子要來了，何況還有三號病床，」她指了指病房那邊，「現在隨時都有可能去世。好了，你請便吧。」護士匆匆走掉了。

野蠻人在床前坐了下來。

「琳達。」他抓住她的手說。

一聽見叫她的名字，病人轉動了一下，無神的眼睛閃出認出了的光芒。她捏了捏他的手微笑了，嘴唇動了動，然後腦袋突然往前一點，睡著了。他坐在那兒望著她——在她那疲倦的身體上尋找著那張容光煥發的年輕的臉，那張在馬培斯伴過他的童年時代的臉。他找到了。他閉上了眼，想起了她的聲音，她的動作和他們母子倆在一起的全部經歷。「鏈球菌馬兒向右轉，轉到T字架旁邊……」她唱得多麼美！還有那些童謠，多麼奇怪和神秘，像魔法一樣！

A呀B呀C，維他命D；

肝裡長脂肪，海裡出鱉魚。

他回憶起了那歌詞和琳達背誦時的聲音，眼簾後不禁湧出了熱淚。然後是朗讀課。小寶寶蹲瓶子，小貓咪坐墊子。還有《胚胎庫貝塔工作人員基本守則》。在火塘邊的長夜，或是夏季小屋的房頂，那時她給他講保留地以外的另一個地方的故事——那美好的、美好的另一個地方。他還完整無缺地保留著關於它的記憶——像關於天堂的故事，關於善與美的樂園的故事，並沒有讓它因為跟真正的倫敦和事實上的文明男女的接觸而遭到玷污。

一陣突如其來的尖聲吵鬧叫他睜開了眼睛，他匆匆擦去眼淚，四面一望。一道好像無窮無盡的人流正在往病房裡氾濫。全是八歲的、長相相同的多生子男孩，一個跟一個，一個跟一個像夢魘一樣進來了。那些面孔，那些老是重複的面孔——那麼多人卻只有一張臉——一模一樣的鼻孔，一模一樣的灰色大眼，像哈巴狗一樣瞪著，轉動著。他們穿著咔嘰制服，耷拉著嘴唇，尖叫著唧喳著進來了。頃刻之間病房裡就像爬滿了蛆蟲。他們有的在病床間擠來擠去，有的從病床上翻來翻去，有的又從病床下鑽過，有的則往電視機裡張望，有的則對病人做鬼臉。

琳達叫他們吃驚，或者說是叫他們害怕。一大群人擠在她的床頭，帶著恐怖而愚昧的好奇盯著她，像野獸突然發現了從未見過的東西。

「啊，看看，看看！」多生子們用恐怖的低聲說道，「她這到底是怎麼回事了？怎麼這麼肥呀？」

他們以前從來沒有見過像她這樣的面孔，他們見過的面孔都是年輕的光潔的，身子都是苗條的筆挺的。所有這些六十多歲的垂死的人都有著青春少女的容貌。琳達才四十多歲，可對比起來，她已經是一個皮膚鬆弛，形容歪扭的老妖怪。

「她不是很嚇人嗎？」悄悄地議論傳來，「你看她那牙！」

一個哈巴狗臉的多生子突然從約翰的椅子和牆壁之間的床下鑽了出來，開始盯著琳達睡著了的臉。

「我說呀……」他開始說話了，可話還沒說完，突然變成了尖叫。野蠻人已抓住他的領子，從椅子邊提了起來，漂漂亮亮給了他一巴掌，打得他嚎叫著逃掉了。

一聽見他的叫喊護士長急忙過來營救。

「你對他怎麼啦？」她兇狠地追問，「我是不會讓你打孩子的。」

「那好，你就叫他們別到這床邊來。」野蠻人氣得聲音發抖。「這些骯髒的小鬼頭跑到這兒來幹什麼？丟臉！丟臉！」

「丟臉？你是什麼意思？告訴你，我們正在給他們設置死亡條件，」她惡狠狠地警告，「你要是再干擾他們的條件設置，我就叫門衛來把你轟出去。」

野蠻人站起身子，向她逼近了幾步，動作和表情都威風凜凜，嚇得護士長直往後退。他費了很大的勁才控制住自己，沒有說話，轉身又回到了床前，坐了下來。

護士放心了，帶著稍嫌尖利的嗓門和不大有把握的尊嚴說，「你可要記住，我是警告過你的，」不過她總算把那兩個「包打聽」的小子帶走了，讓他們去玩「找拉鍊」去了。她的一個同事正在那邊組織玩這個遊戲。

「趕快去，親愛的，」她對那護士說，「去喝你那份咖啡飲料。」運用起權威後，她就恢復了自信，心裡舒服了些。「現在，孩子們！」她叫道。

剛才琳達曾經不舒服地動了動，睜開過一會兒眼睛，朦朧地四面看了看，然後又睡著了。野蠻人坐在她身邊，竭力想恢復幾分鐘前的心境。「A呀B呀C，維他命D。」他背誦著，彷彿這些話是可以讓死去的往昔復活的咒語。但是咒語沒有作用。美麗的回憶總頑固地拒絕升起，真正復活了的倒是關於妒忌、醜惡和苦難的可惜的記憶。肩頭被砍傷，滴著血的波培；睡相醜惡的琳達；繞著打翻在床前的美似可嗡嗡亂飛的蒼蠅；琳達經過時對她罵怪話的頑童……啊，不，不！他閉上了眼，死命地搖著頭，竭力否定著這些回憶。「A呀B呀C，維他命D……」他努力回憶自己坐在琳達膝蓋上的日子，琳達用雙臂摟住他，晃蕩著他，反複地唱著歌，搖晃著他，直到把他搖睡著了：「A呀B呀C，維他命D，維他命D，維他命D……」

伍立哲．瑞安娜的超級女高音逐級上升，已到了如泣如訴的高度。突然香味循環系統的馬鞭草香味消失了，換成了濃郁的印度薄荷香。琳達動了動，醒了過來，莫名其妙地看了幾秒鐘半決賽運動員，然後抬起頭嗅了幾嗅剛換了香味的空氣，突然笑了——一種兒童式的非常開心的笑。

「波培！」她喃喃地說著閉上了眼睛，「啊，我太喜歡這個了，我太喜歡……」她嘆了一口氣，又倒進枕頭。

「可是，琳達，」野蠻人哀求道，「你不認識我了嗎？」他已經竭盡全力，做了最大努力；可為什麼總忘不了她？他幾乎是使用著暴力緊捏她那軟癱的手，彷彿想強迫她從那淫猥快活的夢裡醒來，從那卑賤可惜的回憶裡醒來——回到目前來，回到現實來。回到恐怖的現在，可怕的現實裡來——而因為使得這一切都可怕的死亡即將到來，那現實又顯得崇高，深刻，無比的重要。

「你不認識我了嗎，琳達？」

他隱約感覺到了她的手在捏緊，作為回答。

淚水湧進了他的眼睛，他彎過她的身子親了親她。

她的嘴唇動了動，「波培！」她低聲說道。他像是被劈頭蓋臉潑了一桶大便。

怒火突然在他心裡沸騰。他第二次受到挫折，他憂傷的情緒找到了另一個出路，轉化成了激動的悲憤。

「但是，我是約翰！」他叫了起來。「我是約翰！」他因為激怒的痛苦實際上抓住她的肩膀搖晃起來。

琳達的眼睛瞬動了一下，睜開了，認出了他。「約翰！——可又把他那張現實的面孔，現實的粗暴的手放進了一個想像的世界。把他跟隱藏在她心裡的薄荷香、超級伍立哲一樣看待，跟變了形的回憶，跟構成她那夢幻世界的離奇的錯了位的種種感受一樣看待。她認得他是她的兒子約翰，可又把他幻想成闖進她馬培斯樂園的人，而她正在那兒跟波培一起度著唆麻假日。約翰生氣了，因為她喜歡波培，約翰在搖晃她，因為波培在她床上——好像那是什麼錯誤，好像文明人都不那麼幹似的。「每個人都彼此相屬……」她的聲音突然消失了，轉化成了一種喘不過氣的，幾乎聽不見的咯咯聲。她的嘴唇耷拉了下來，做了極大的努力要讓肺裡充滿空氣，可卻像忘掉了怎麼樣呼吸。她想叫喊——卻發不出聲音。只有她那瞪大的眼睛裡的恐怖表露出她所受到的折磨。她的手伸向了喉嚨，然後又抓撓著空氣——她再也無法呼吸的空氣，對於她說來已經不再存在的空氣。

野蠻人站了起來，對她彎過身去。「你說什麼，琳達？什麼？」他帶著乞求的口氣說道，好像求她讓他放心。

她在他眼裡的樣子恐怖得難以描述——恐怖，似乎還在責備他。她想撐起身子，卻倒回到枕頭上。她的臉歪扭得可怕，嘴唇烏青。

野蠻人轉身向病室外走去。

「快！快！」他大叫，「快！」

護士長站在一圈正在玩找拉鍊的多生子之間，轉過了頭。她起初是一怔，隨即不以為然了。

「別吵！為孩子們想想。」她皺了皺眉頭，說，「你可能會破壞了條件設置的……你在幹嗎呀！」他已經鑽進了圈子。「小心點！」一個孩子在尖叫。

「快點！快點！出事了！我把她弄死了。」

他們回到病房時，琳達已經死了。

野蠻人呆住了，默默地站了一會兒，然後在床前跪下，雙手捂住臉，無法抑制地嗚咽起來。

護士猶豫不決地站著，望望跪在床前的人（那表情可真丟臉！），再看看孩子們（他們真可憐！），他們已經停止了找拉鍊，從病房那頭望了過來，瞪著大眼望著二十號病床邊這場令人噁心的表演。她應當跟他說話，讓他恢復羞恥感嗎？讓他明白自己的處境嗎？讓他知道他對這些可憐的天真無邪的孩子們會帶來什麼樣致命的痛苦嗎？他會用他這種噁心的叫喊破壞孩子們一切正常的死亡條件設置的——彷彿死亡是什麼可怕的東西，會有人覺得那麼嚴重似的！那很可能讓孩子們對這個問題產生最災害性的想法，攪亂他們，使他們做出完全錯誤的、反社會的反應。

護士長走向前來，碰了碰他的肩頭。「你能不能規矩點？」她怒氣衝衝低聲說道。但是她四面看看，看見六七個孩子已經站起身了，往病房這邊走來了。圓圈快要散了。馬上就……不，那太冒險，整個一群孩子的條件設置可能因此而推遲六七個月。她趕快向她負責的遭到危險的孩子們跑回去。

「現在，誰要吃巧克力的棒棒糖？」她用快活的口氣大聲叫道。

「我要吃！」整個波坎諾夫斯基組的孩子們都叫了起來。二十號病床給忘光了。

「啊，上帝呀，上帝呀，上帝呀……」野蠻人不斷自言自語。他的心靈充滿了痛苦與悔恨，在混沌之中唯一清楚的聲音就是上帝。「上帝！」他低聲地叫了出來。「上帝……」

「他究竟在說些什麼呀？」一個聲音在說，那聲音很近，很清楚，很尖利，從超高音的伍立哲婉轉的歌聲裡穿透出來。

野蠻人猛然轉過身子，放開了臉上的手，四面看了看。五個穿咔嘰制服的多生子站成一排，哈巴狗一樣瞪著他，每人右手拿著半截棒棒糖，融化了的巧克力在他們一模一樣的臉上染出不同形狀的污跡。

他們一見到他的眼睛就同時傻笑起來。其中一個用殘剩的棒棒糖指著琳達。

「她死了嗎？」他問。

野蠻人沒有吱聲，瞪了他一會兒，然後又默默地站起來，默默地向門口走去。

「他死了嗎？」那好發問的多生子吧嗒吧嗒跟他走著，又問。

野蠻人低頭望了望他，仍然沒有說話，只把他推開了。那孩子摔到地板上，立即嚎叫起來。

野蠻人連頭也沒有回。

第十五章

公園巷彌留醫院的體力勞動者共是一百六十二個德爾塔，分成兩個波坎諾夫斯基小組，其中有八十四個紅頭髮的多生女和七十八個深色皮膚長臉型的多生男。六點鐘下班，兩個小組都在醫院走廊上集合，由會計助理發給他們每天的定量唆麻。

野蠻人從電梯出來，走進人群，但他的心還在別處——還跟死亡、憂傷和悔恨交織在一起。他只顧從人群裡往外擠，並沒有意識到自己在做什麼。

「你在擠誰呀？你以為自己在什麼地方走呀？」

一大片喉嚨之中只有一高一低兩個喉嚨在說話，一個嬌氣，一個粗大。兩類面孔，像在一大排鏡子裡一樣無窮無盡地重複現著，一類是長雀斑的沒有毛的月亮，被一個橘黃色光圈包圍；另一個是瘦削的尖嘴的鳥臉，留了兩天的鬍子碴；全都怒氣衝衝轉向他。兩人的話語和使勁抵在他肋骨上的手肘把他從混沌裡驚醒了過來。他再次回到了外在的現實。他向四面看了看，明白了他眼前是些什麼——他是帶著一種墜落的恐怖和厭惡明白過來的。他厭惡那日日夜夜反複出現的熱病，那些擁來擁去千篇一律的面孔所造成的夢魔。多生子，多生子……他們像蛆蟲一樣在琳達死亡的神秘裡褻瀆地拱來拱去。現在他面前又是蛆蟲，只是大多了，長成了人。現在他們正在他的憂傷和悔恨上爬來爬去。他停住腳，用迷惑、恐怖的眼光盯著周圍那群穿咔嘰的暴民。他此刻正站在他們之間，比他們高出了足足一頭。「這兒有多少美好的生靈！——」那歌聲嘲弄著他。「人類是多麼美麗！啊，美妙的新世界……」

「領唆麻了，」一個聲音高叫，「排好隊。那邊的人，快一點。」

剛才有一道門已經打開，一套桌椅已經搬到走廊上。說話的是一個神氣的年輕阿爾法。他已經捧著一個黑鐵的錢箱走了進來。多生子們懷著欲望，發出一陣滿意的呢喃，把野蠻人全忘了。現在他們的注意力集中到了那黑鐵錢箱上。年輕人已把錢箱放在桌上，正在打開。箱蓋揭開了。

「嗚——哇！」一百六十二個人同聲叫了起來，像是在看焰火。

年輕人取出一把小藥盒，「現在，」他專斷地說，「請走上來。一次一個，不要擠。」

多生子挨次走了上去，沒有擁擠。先是兩個男性，然後是一個女性，再是一個男性，三個女性，然後……

野蠻人站在那兒望著。「啊，美妙的新世界……」他心裡的歌似乎改變了調子。在他的痛苦和悔恨的時刻，那歌詞以多麼惡毒的訕笑嘲弄著他！它像魔鬼一樣大笑，讓那噩夢似的骯髒與令人作嘔的醜陋繼續折磨著他。到了此時，那歌詞突然變成了召喚他拿起武器的號角。「啊，美妙的新世界！」米蘭達在宣布獲得美好的可能，甚至噩夢也可能變成美好高貴的東西。「啊，美妙的新世界！」那是一種挑戰，一種命令。

「那邊的人別擠。」會計助理大發雷霆、叫道，「你們要是不規規矩矩，我就不發了。」

德爾塔們嘰咕了幾句，擠了一下，不動了。威脅生了效。扣發唆麻，太可怕了！

「這就好些了。」年輕人說，又打開了精子。

琳達做過奴隸，琳達已經死去。別的人卻應該過自由的生活，應該讓世界美麗。那是補救，是一種責任。突然一片光明閃現，彷彿是升起了百葉窗，拉開了窗簾，野蠻人明白了自己該怎麼辦。

「來吧。」會計助理說。

又一個女咔嘰走上前來。

「住手！」野蠻人以洪亮震響的聲音大叱，「住手！」

他往桌子邊擠了過去；德爾塔們吃驚地盯著他。

「佛特呀！」會計助理放低了聲音說，「是野蠻人。」他害怕了。

野蠻人急切地叫了起來。「請借給我你們的耳朵……」以前他從來沒有在大庭廣眾之間說過話，覺得極難表達自己的意思。「那可怕的東西千萬別要，那是毒品，是毒品。」

「我說呀，野蠻人先生，」會計助理息事寧人地微笑著說，「你能不能讓我先……」

「那是對靈魂和身體的雙重毒品。」

「不錯，可是，你先讓我發完了再說好不好？好個野蠻人先生。」他像撫摩著有名的危險動物一樣拍了拍他的手臂。「你讓我先……」

「絕對不行！」野蠻人大叫。

「可是，老兄，聽我說……」

「把它全扔掉——那些可怕的毒品。」

一句「全扔掉」刺透德塔們一重一重混沌的意識，刺痛了他們。人群發出了憤怒的嘟噥。

「我是來給你們自由的，」野蠻人轉身對著多生子說，「我是來給……」

會計助理沒有再聽下面的話，他已經溜出了走廊，在電話簿上尋找著一個號碼。

「他不在自己的屋子裡，」伯納總結道，「我的屋子裡沒有，你的屋子裡沒有，愛神宮沒有，孕育中心和學院也沒有。他可能到哪兒去了呢！」

赫姆霍茲聳了聳肩。他們剛才下班回來，以為野蠻人會在平常和他們見面的一兩處地方等他們，可是那人連影子也沒有。這叫他們很掃興，因為他們原打算乘赫姆霍茲的四座體育直升機趕到比雅瑞茨去。野蠻人要是不馬上出現，他們就可能趕不上晚飯了。

「我們再等他五分鐘，」赫姆霍茲說，「他要再不來我們就只好……」

他的話叫電話鈴打斷了。他拿起話筒。「哈囉，我就是。」他聽了很久，「佛特在天！」他咒罵道。「我馬上來。」

「怎麼啦？」伯納問。

「是我在公園巷醫院的一個朋友打的，」赫姆霍茲說，「野蠻人就在那兒，好像發了瘋。總之，非常緊急，你願意跟我去嗎？」

兩人沿著走廊匆匆向電梯走去。

「可是，你們願意做奴隸嗎？」他倆走進醫院時野蠻人正在說話。他滿臉通紅，眼裡閃耀著熱情和義憤的光。「你們喜歡做小娃娃嗎？是的，哇哇叫，還吐奶的娃娃。」他說下去。他對他想拯救的人畜生一樣的愚昧感到煩惱，不禁使用難聽的話罵他們，可他的咒罵撞在對方厚重的蒙昧的甲殼上，又蹦了回來。那些人盯著他，目光茫然，表現了遲鈍而陰沉的仇恨。「是的，吐奶！」他理直氣壯地叫道。現在他把傷心、悔恨、同情和責任全忘光了，這種連禽獸也不如的怪物所引起的難以抑制的憎恨似乎左右了他。「你們就不想自由，不想做人嗎？你們就連什麼叫人。什麼叫自由都不知道嗎？」憤怒使他流暢起來，話語滔滔不絕。「不知道嗎？」他再問了一句，可是得不到回答。「那好，」他嚴厲地說，「我就來給你們自由，不管你們要不要。」他推開了一扇朝向醫院內部庭院的窗戶，把那些裝唆麻片的小盒子一把一把扔了下去。

穿咔嘰的人群看著這過分褻瀆的驚人場景，不禁目瞪口呆，又驚訝又恐怖，說不出話來。

「他瘋了，」伯納瞪大了眼睛盯著，悄悄地說，「他們會殺死他的。會……」人群突然大叫起來。一陣湧動把他們向野蠻人氣勢洶洶地推了過去。「佛特保佑！」伯納說，不敢看了。

「佛特幫助自助的人！」赫姆霍茲．華生笑了，其實是狂喜的笑。他推開群眾走向前去。

「自由！自由！」野蠻人大叫，繼續用一隻手把唆麻扔到院子裡，同時用另一隻手擊打著向他襲來的面目相同的人群。「自由！」赫姆霍茲突然到了他的身邊——「好」赫姆霍茲，老兄！——赫姆霍茲也在揮著拳頭——「終於做了人了！」說著時赫姆霍茲也在一把一把把毒品往開著的窗戶外面扔。「是的，做了人了！做了人了！」毒品一點都不剩了。他抓起了錢箱讓他們看了看那黑色的空當。

德爾塔們呼嘯著以四倍的激怒撲了上來。

伯納在戰鬥的邊緣猶豫了，「他們完了，」他叫。突然一陣衝動支配了他，撲上去想救他們倆，可回頭一想，又停了步，隨即覺得難為情了，又撲上去；再是念頭一轉，又站在那兒猶豫了，同時痛苦地感到可恥——他想到如果自己不去幫助，他倆可能被殺死；而如果去幫助，自己又會有生命危險。正在此時，謝謝佛特！戴著鼓眼睛豬鼻子的防毒面具的警察跑了進來。

伯納衝上去迎接他們，向他們招手。他畢竟在行動，在做著什麼。他連叫了幾聲，「救命！救命！」一聲比一聲高，他有一種自己在幫忙的幻覺，「救命！救命！救命！」

警察把他推到了一邊，自己去執行任務。三個肩上扛著噴霧器的警察向空中噴出了濃濃的唆麻氣；另外兩個則在手提合成音箱前忙碌。還有四個警察衝進了人群，扛著裝滿強麻醉劑的水槍，對打得難解難分的人一股一股很技巧地噴射著。

「快！快！」伯納大叫，「再不快點他們就要給殺死了。要給……哦！」他那嘰嘰喳喳惹惱了一個警察，對準他射了一麻醉槍。伯納的兩腿似乎失去了骨頭、筋腱和肉，變成了兩根膠凍，後來甚至連膠凍也不是，而成了水。他只搖晃了一兩秒鐘，便垮到了地上，癱瘓了。

突然，一個聲音在合成音樂音箱裡說起話來。那是理智的聲音，善意的聲音。合成音樂錄音帶正在播放二號（中等強度）反騷亂演說。是從一個不存在的心靈的深處直接發出來的，「朋友們，我的朋友們！」那聲音帶著無限溫柔的責備，非常動情地說了起來，就連戴了防毒面具的警察的眼睛一時都淚眼模糊了：「你們這是什麼意思？你們為什麼不能大家幸福善良地在一起？幸福善良，」那聲音重複道，「和平，和平。」那聲音顫抖起來，降成了耳語，暫時消失了。「啊，我真希望你們幸福，」那聲音又開始了，帶著真心誠意的渴望，「我多麼希望你們善良！我求你們，求你們善良而……」

兩分鐘之後演說和唆麻霧氣起了作用。德爾塔們已經在淚流滿面地互相親吻擁抱——六七個多生子彼此理解地擁抱到了一起。就連赫姆霍茲和野蠻人也差不多要流淚了。從會計室又領來了新的唆麻盒，很快分發出來。多生子們隨著那深情厚意的男中音的告別詞分散了。好像心都要碎了一樣地哽咽著。「再見了，我最最親愛的朋友們，佛特保佑你們！再見吧，最最親愛的朋友們，佛特保佑你們。再見了，我最最親愛的朋友們……」

最後一個德爾塔走掉之後，警察關掉了演說。那天使一樣的聲音停止了。

「你們是不是不出聲跟我們走，不出聲？」警官問道，「要不要我們用麻醉槍！」他用他那槍威脅說。

「哦，我們不出聲跟你走。」野蠻人輕輕撫摩著打破的嘴唇、挫傷的脖子和咬傷的左手。

赫姆霍茲拿手絹捂住流血的鼻子點頭同意。

伯納醒了過來，腿也管用了，想利用這個機會盡可能不惹人注意地從門口溜走。

「嗨，那位。」警官叫道，一個帶豬鼻子面具的警察匆匆橫過房間，一隻手抓住了年輕人的肩膀。

伯納一臉憤怒的無辜，轉過身來。溜？他做夢也沒有想過做這樣的事。「不過，你們要我幹什麼？」他對警官說，「我真想像不出來。」

「你是被抓的人的朋友，對不對？」

「唔……」伯納說，他猶豫了。對，他的確無法否認，「我憑什麼不能夠跟他們做朋友？」

「那就來吧。」警官說，帶路往門口和等在那兒的警車走去。

第十六章

三個人被引進的房間是總統的書房。

「總統閣下馬上就下來。」伽瑪僕役長把他們留在了那裡。

赫姆霍茲放聲大笑。

「這倒不像是審判，而是請喝咖啡。」他說，然後倒進了最奢侈的氣墊沙發椅。「別洩氣，伯納。」他瞥見了他的朋友那鐵青的不快活的臉，又說。伯納卻洩了氣。他沒有回答，連看也沒有看他一眼，只走到屋裡最不舒服的一張椅子上坐下了。那是他小心選擇的，暗暗希望能夠多少減輕首長的惱怒。

這時野蠻人卻在屋子裡煩躁地走來走去。他帶著一種模糊的表面的好奇窺視著書架上的書、錄音膠捲和編號的小格子裡的閱讀機線軸。窗戶下的桌上有一本巨大的書，柔軟的黑色人造皮封面，燙著巨大的金T字。他拿起書，翻了開來。《我的一生及事業》，我主佛特著。是佛特知識宣傳協會在底特律出版的。他懶洋洋地翻了幾頁，東看一句，西看一段，正想下結論說這本書引不起他的興趣，門開了，駐西歐的世界總統輕快地踏進門來。

穆斯塔法・蒙德跟他們三個人一一握手，話卻是對野蠻人說的。「看來你並不太喜歡文明，野蠻人先生。」他說。

野蠻人看了看他。他曾經打算撒謊、吹牛或是怒氣沖沖一言不發。但是總統臉上那親切的聰明卻叫他放下心來。他決心直截了當說真話。「不喜歡。」他搖搖頭。

伯納吃了一驚，滿臉惶恐。總統會怎麼想呢？給他安上個罪名，說他跟不喜歡文明的人做朋友——而且是在總統面前，不是在別人面前公開表示，太可怕了。「可是，約翰……」他說話了。但穆斯塔法・蒙德瞄了他一眼，他便卑微地閉了嘴。

「當然，」野蠻人繼續交代，「有一些很好的東西。比如空中的音樂……」

「有時候千百種弦樂之音會在我耳裡繚繞不去，有時又有歌聲。」總統說。

野蠻人的臉突然煥發出了歡樂的光彩。「你也讀過莎士比亞？」他問道，「我還以為這本書在英格蘭這地方沒有人知道呢。」

「幾乎沒有人知道，我是極少數知道的人之一。那書是被禁止的，你看。但這兒的法律既然是我制定的，我當然也可以不遵守，我有豁免權，馬克思先生，他轉身對著伯納，加上一句，「而你，我怕是不能夠不遵守。」

伯納沉入了更加絕望的痛苦之中。

「可是，為什麼要禁止莎士比亞呢？」野蠻人問道。由於見到一個讀過莎士比亞的人感到興奮，他暫時忘掉了別的一切。

總統聳了聳肩。「因為莎士比亞古老，那是主要的理由。古老的東西在我們這兒是完全沒有用的。」

「即使美也沒有用？」

「特別是美的東西。美是有吸引力的，而我們卻不願意讓人們受到古老的東西吸引。我們要他們喜歡新東西。」

「可這些新東西卻那麼愚蠢而且可怕。那些新戲裡除了飛來飛去的直升機和叫你感覺得到的接吻，什麼都沒有。」他做了個鬼臉。「山羊和猴子，」他只有通過《奧塞羅》才能找到表達他的輕蔑和憎惡的詞語。

「可愛的、馴服的動物。」總統喃喃地插嘴道。

「你為什麼不換個辦法，讓他們看看《奧塞羅》？」

「我已經告訴過你，《奧塞羅》太古老。何況他們也讀不懂。」

是的，說得對。他想起赫姆霍茲曾經怎樣嘲笑過《羅密歐和朱麗葉》「那麼，」他停了一會兒說，「弄點他們能夠懂的新東西，要像《奧塞羅》那樣的。」

「我們想寫的正是這種東西。」長時間的沉默，赫姆霍茲插嘴，打破沉默說。

「可那是你絕對寫不出的東西，」總統說，「因為，那東西如果真像《奧塞羅》就沒有人懂，不管它有多新。而且如果它是新的，就不可能像《奧塞羅》」

「為什麼？」

「對，為什麼？」赫姆霍茲也問。他也已忘掉了自己的狼狽處境。可伯納對處境卻牢記在心。他又著急又害怕，鐵青著臉。別的人沒有理他。「為什麼？」

「因為我們的世界跟《奧塞羅》的世界不同。沒有鋼你就造不出汽車，沒有社會的動盪你就造不出悲劇。現在的世界是穩定的；人民過著幸福的生活；要什麼有什麼，得不到的東西他們絕不會要。他們富裕，他們安全，他們從不生病，也不怕死；他們快快活活，不知道激情和衰老；沒有什麼爸爸媽媽來給他們添麻煩；也沒有妻室兒女和情人叫他們產生激情；他們的條件設置使他們實際上不能不按條件為他們設置的路子行動。萬一出了事還有唆麻——那就是你以自由的名義扔到窗外去的東西，野蠻人先生，自由！」他哈哈大笑。「想叫德爾塔們懂得什麼叫自由！而現在又希望他們懂得《奧塞羅》！我的好孩子！」

野蠻人沉默了一會兒。「可是《奧塞羅》是好的，《奧塞羅》要比感官電影好。」

「當然要好，」總統表示同意，「可那正是我們為安定所付出的代價。你不能不在幸福和人們所謂的高雅藝術之間進行選擇。我們就用感官電影和馨香樂器代替了藝術。」

「可那些東西什麼意思都沒有。」

「意思就在它們本身。它們對觀眾意味著大量的感官享受。」

「可是，它們是……是一個白痴所講的故事。」

總統哈哈大笑。「你對你的朋友華生先生可不太禮貌，他可是我們一個最傑出的情緒工程師呢……」

「可是，他倒說對了，」赫姆霍茲陰鬱地說，「無事可寫卻偏要寫，確實像個白痴……」

「說個正著，但是那正好要求最巨大的聰明才智，是叫你使用少到不能再少的鋼鐵去制造汽車——實際上是除了感覺之外幾乎什麼都不用，卻製造著藝術品。」

野蠻人搖搖頭。「在我看來這似乎可怕極了。」

「當然可怕。但是跟受苦受難的太高代價比起來，現實的幸福看起來往往相當廉價。而且，穩定當然遠遠不如動亂那麼熱鬧；心滿意足也不如跟不幸做殊死鬥爭那麼動人；也不如抗拒引誘，或是抗拒為激情和懷疑所顛倒那麼引人入勝。幸福從來就不偉大。」

「我看倒也是的，」野蠻人沉吟了一會兒說，「可難道非弄得這麼糟糕，搞出些多生子來不行嗎？」他用手摸了摸眼睛，彷彿想抹掉裝配臺上那一大排一大排一模一樣的侏儒；抹掉布冷特福單軌火車站門口排成長龍的多生子群；抹掉在琳達彌留的床邊成群結隊爬來爬去的人蛆；抹掉攻擊他的那些千篇一律的面孔。他看了看他上了繃帶的左手，不禁不寒而慄。「恐怖！」

「可是，用處多大！你不喜歡我們的波坎諾夫斯基群，我明白；可是我向你保證，是他們形成了基礎，別的一切都是建築在他們身上的。他們是穩定國家這架火箭飛機，使之按軌道前進的方向陀螺儀。」那深沉的聲音令人驚心動魄地震動著；激動的手勢暗示著整個宇宙空間和那無法抗拒的飛行器的衝刺。穆斯塔法．蒙德解說的美妙幾乎達到了合成音樂的標準。

「我在猜想，」野蠻人說，「你為什麼還培育這樣的人呢？——既然你從那些瓶子裡什麼東西都能得到，為什麼不把每個人都培養成超正阿爾法呢？」

穆斯塔法．蒙德哈哈大笑。「因為我們不願意叫人家割斷我們的喉嚨，」他回答，「我們相信幸福和穩定。一個全阿爾法社會必然動盪而且痛苦。你想像一座全是由阿爾法組成的工廠吧——那就是說全是由各自為政，互不關心的個體組成的工廠，他們遺傳優秀，條件設置適宜在一定範圍內自由進行選擇，承擔責任。你想像一下看！」他重複了一句。

野蠻人想像了一下，卻想像不出什麼道理來。

「那是荒謬的。硬叫按阿爾法標準換瓶和按阿爾法條件設置的人幹愛普塞隆半白痴的工作，他是會發瘋的——發瘋，否則他就會砸東西。阿爾法是可以完全社會化的——但是有個條件：你得讓他們幹阿爾法的活。愛普塞隆式的犧牲只能由愛普塞隆來做。有個很好的理由，愛普塞隆們並不覺得在做犧牲。他們是抵抗力最小的一群。他們的條件設置給他們鋪好了軌道，讓他們非沿著軌道跑不可，他們早就命定了要倒楣，情不自禁要跑。即使換了瓶他們仍然在瓶子裡——他們被一種看不見的瓶子像嬰兒一樣、胚胎一樣固定。當然，我們每個人的一生，」總統沉思地說，「都是在一種瓶子裡度過的。可我們如果幸而成了阿爾法，我們的瓶子就相對而言比較廣闊。把我們關在狹窄的空間裡我們就會非常痛苦。理論上很明顯，你不能把高種姓的代香檳加進低種姓的瓶子裡。而在實踐上，也已經得到了證明。賽浦路斯實驗的結果是很有說服力的。」

「什麼實驗？」野蠻人問。

穆斯塔法．蒙德微笑了。「你要是願意可以稱之為重新換瓶實驗。是從佛特紀元四七三年開始的。總統清除了賽浦路斯島上的全體居民，讓兩萬兩千個專門準備的阿爾法住了進去。給了他們一切工農業設備，讓他們自己管理自己。結果跟所有的理論預計完全吻合。土地耕種不當；工廠全鬧罷工；法紀廢弛；號令不行。指令做一段時間低級工作的人總搞陰謀，要換成高級工種。而做著高級工作的人則不惜一切代價串聯回擊，要保住現有職位。不到六年功夫就打起了最高級的內戰。等到二十二萬人死掉十九萬，倖存者們就向總統們送上了請願書，要求恢復對島嶼的統治。他們接受了。世界上出現過的唯一全阿爾法社會便是這樣結束了。」

野蠻人深沉地嘆了一口氣。

「人口最佳比例是，」穆斯塔法．蒙德說，「按照冰山模式——九分之八在水下，九分之一在水上。」

「水下的人會幸福嗎？」

「比水上的人幸福。比你在這兒的兩位朋友快樂，比如。」他指著他們倆。

「儘管做著那種可怕的工作！」

「可怕？他們並不覺得可怕。相反倒喜歡。因為清閒呀，簡單得像小孩的玩意。不用訓練頭腦和肌肉。七個小時半不算繁重的勞動，然後有定量的唆麻、遊戲、不受限制的性交和感官電影。他們還會有什麼要求？不錯，」他說下去，「她們可能要求縮短工作日。我們當然能夠給他們縮短。從技術上講，要把低種姓人的工作日縮短為三四個小時可以不費吹灰之力。但是他們會因此而多一些幸福嗎？不，不會的。一個半世紀多以前曾經做過一次實驗。愛爾蘭全部改成每天四小時。結果如何？動盪不安和更高的唆麻消費，如此而已。那多出來的三個半小時空閒遠遠不足以成為幸福的根源，卻使得他們不得不休唆麻假。發明局裡塞滿了減少勞動的計畫，有好幾千。」穆斯塔法．蒙德做了一個手勢，表示很多。「我們為什麼不實行？是為了勞動者的利益。拿過多的餘暇折磨他們簡直就是殘酷。農業也一樣。只要我們願意，每一口食物都可以合成。但是我們不幹。我們寧可把三分之一的人口保留在土地上，那是為了他們好，因為從土地上取得食物比從工廠要慢。而且我們還得考慮到穩定，不想變。每一次變都威脅穩定。那是我們很不願意應用新發明的又一個原因。純科學的每一個發現都具有潛在的顛覆性。就連科學有時也得被看做可能的敵人。是的，就連科學也如此。」

「科學？」野蠻人皺了皺眉頭。他知道這個字，可說不清它究竟是什麼意思。莎士比亞和印第安村莊的老人就從來沒有提起過科學。從琳達那裡他也只歸納出了一點最模糊的印象：科學是你用來造直升機的東西，是讓你嘲笑玉米舞蹈的東西，是讓你不長皺紋不掉牙齒的東西。他竭盡全力想抓住總統的意思。

「不錯，」穆斯塔法・蒙德說，「那是為穩定所付出的又一項代價。跟幸福格格不入的不光是藝術，而且有科學。科學是危險的，我們得給它小心翼翼地套上籠頭，拴上鏈子。」

「什麼！」赫姆霍茲吃了一驚，說，「可我們一向都說科學就是一切。那已經是睡眠教育的老調了。」

「十三點至十七點，每週三次。」伯納插嘴道。

「還有我們在大學裡所做的一切宣傳……」

「對，可那是什麼樣的科學？」穆斯塔法・蒙德尖刻地說。「你們沒有受過科學訓練，無法判斷。我原來可是個出色的物理學家，可是太善良——我不明白我們所有的科學都不過是一本烹飪書。書上的正統烹飪理論是不容許任何人懷疑的。而有一大批烹調技術不經過掌勺師傅批准是不許寫進書裡去的。我現在做了掌勺師傅，但以前也曾經是個愛刨根問底的洗碗小工。我開始自己搞一些非法的、不正統的、不正當的烹調。實際上是真正的科學實驗。」他沉默了一會兒。

「後來怎麼啦？」赫姆霍茲・華生問。

總統嘆了一口氣。「幾乎跟你們面臨的遭遇一樣，年輕人。我幾乎給送到了一個小島上。」一句話，嚇得伯納魂不附體，做出了不體面的過分行為。

「送我到島子上去？」他蹦了起來，穿過屋子，來到總統面前比劃著。「你不能夠送我去，我什麼也沒有做，都是別人做的，我發誓是這樣的。」他指著赫姆霍茲和野蠻人。「啊，請別把我送到冰島去。該做什麼我保證都做。再給我一個機會吧，求求你啦！」他連眼淚都流出來了。「告訴你吧，那都得怪他們，」他抽泣了起來，「別讓我去冰島。啊，求您了，總統閣下。求……」他卑劣的情緒發作，跪倒在總統腳前。穆斯塔法．蒙德想扶他起來，他卻賴在地上不動，咿咿唔唔說個沒完。最後總統只好按鈴叫來了他的第四秘書。

「帶三個人來，」他命令道，「把馬克思先生帶到寢室去，給他一劑唆麻霧，送他上床，讓他睡。」

第四秘書出去了，帶回來三個穿綠色制服的多生子下人。伯納叫喊著抽泣著被帶了出去。

「人家還以為要割他的喉嚨了呢，」門關上時總統說，「不過他如果有一點點頭腦也會明白，這種處分其實是一種彌補。他要被送到一個島子上去，那就是說他要被送到一個他可以遇見世界上最有趣的男男女女的地方去。那些人都是因為某種原因而特別自覺地獨行其是的，他們跟社會生活格格不入，對正統不滿，有自己的獨立思想。總而言之都算得個角色。我幾乎要妒忌你呢，華生先生。」

赫姆霍茲笑了。「那你現在為什麼不是在一個島上呢？」

「因為我最終選擇了這兒，」總統回答，「他們曾經給過我選擇：是被送到一個島子上去繼續搞我的純科學，還是進入總統委員會——其遠景是在適當的時候繼任總統。我選擇了這個，放棄了科學。有時候，」他說，「我為放棄了科學感到遺憾。幸福是一個很難服侍的老闆——特別是別人的幸福。如果一個人並沒有特別設置得可以接受幸福而不提出疑問，那麼幸福就比真理還要難服侍得多。」他嘆了一口氣，又沉默了。然後才以較為活潑的口氣說下去。「好了，職責就是職責。應該如何選擇是無法討價還價的。我對真理感到興趣，我喜歡科學。但是真理是一種威脅，科學危害社會。它的危害之大正如它的好處。它給了我們歷史上最平衡的穩定。跟我們的穩定相比，中國的穩定也只能算是最不可靠的。即使原始的母系社會也不會比我們更穩定。我再說一句，我們要感謝科學。但是我們不能讓科學破壞它自己辦成的好事。因此我們小心翼翼地控制著它的研究範圍——正是因此我幾乎被送到島子上去了。除了當前最急需的問題，我們都不讓科學處理。其他的一切探索都要非常小心謹慎地遏制，」他沉吟了一會，又說，「讀一讀我主佛特時代的人所寫的關於科學進步的文章是很有意思的，」他停了一下又說，「那時候的人似乎想像科學是可以肆無忌憚、無限制地進行下去的，知識是最高的善，真理是最高的價值，其他的一切都是次要的，從屬的。不錯，甚至在那時候觀念就已經開始改變。我主佛特就曾經做過極大的努力，要把強調真與美轉軌為強調舒適和幸福。大規模生產需要這種轉軌。眾人的幸福能讓輪子穩定地運轉；而真與美不行。而且，當然，只要是群眾掌握了政權，重要的就會是幸福而不是真與美。但是，儘管如此，那時還是允許無限制地進行科學研究的。人們還在談著真與美，彷彿它們就是最高的善，直談到九年戰爭之前。是那場戰爭讓他們徹底改變了調子。炭疽桿菌炸彈在你周圍爆炸，真呀美呀知識呀對你還有什麼意思？就從那時開始科學第一次受到了控制——九年戰爭之後，那時候人們還準備好了連褲帶都勒緊呢。為了安定的生活什麼都是可以放棄的。我們進行了控制。當然，那對真理不算太好，對幸福卻大有好處。有所得必須有所失嘛，獲得幸福是要付出代價的。你就要付出代價了，華生先生——因為對美的興趣太濃而付出代價。我曾經對真理的興趣太濃，我也曾經付出過代價。」

「可是，你並不曾到海島上去。」野蠻人說，打破了長久的沉默。

總統笑了。「我的代價是：為幸福服務。為別人的幸福，不是為我自己的幸福服務。幸運的是，」他停了一會兒又接下去，「世界上有那麼多海島。要是沒有那麼多海島我可真不知道該怎麼辦了。看來只好把你們全送進毒氣室了。附帶說一句，你喜歡不喜歡赤道氣候？比如馬奎薩斯群島或是薩莫亞島。或是別的更能夠刺激你的地方？」

赫姆霍茲從他的氣墊椅上站了起來。「我寧可選一個氣候極端惡劣的地方，」他回答，「我相信惡劣氣候會使我寫得更好。比如，常常有狂風暴雨……」

總統點頭表示贊許。「我就喜歡你這種精神，華生先生，的確非常喜歡。其程度不亞於我從我的職位上反對它，」他微笑了。「那麼福克蘭島怎麼樣？」

「好，我看可以，」赫姆霍茲回答，「現在，你如果不介意的話，我要去看看可憐的伯納怎麼樣了。」

第十七章

「藝術，科學——你好像為你的幸福付出了相當高的代價，」只剩下他們倆時，野蠻人說，「還付出了別的什麼嗎？」

「當然，還有宗教。」總統回答，「以前曾經有過一種叫做上帝的東西。那是在九年戰爭以前。不過我忘了：關於上帝你是知道的，我估計。」

「啊……」野蠻人猶豫了，他想談談孤獨，夜，月光下的蒼白的石源，懸崖，談一談往陰影裡的黑暗中跳下去和死亡。他想談，但是找不出話來表達，甚至用莎士比亞也無法表達。

這時總統已走到屋子另一邊，開始打開一個嵌在書架間的牆壁裡的保險箱。沉重的門一晃，開了，總統伸手在黑暗裡摸索，「這是一個，」總統說，「我一向很感興趣的題目。」他抽出一本黑色的厚書。「你從來沒有讀過這本書吧？比如。」

野蠻人接了過來，「《聖經·新舊約全書》，」他念著書名頁。

「這書也沒有讀過吧？」那是一本小書，封面沒有了。

「《效法基督》。」

「這書也沒有吧？」他又遞給他一本。

「《宗教體驗種種》，威廉．詹姆斯作。」

「我還有很多，」穆斯塔法．蒙德說下去，「一整套猥褻的古書。保險箱裡放著上帝，書架上放著佛特，」他指著他自稱的圖書館——那是一架架的書，一架架的閱讀機線圈和錄音帶——哈哈大笑。

「可你既然知道上帝，你為什麼不告訴他們？」野蠻人義憤填膺，問，「你為什麼不把這些有關上帝的書給他們讀？」

「理由跟不讓他們讀《奧塞羅》一樣，古老了。那是幾百年前關於上帝的書，不是關於今天的上帝的書。」

「上帝可是不會變的。」

「但是人會變。」

「那能有什麼區別？」

「有天大的區別。」穆斯塔法．蒙德說著又站了起來，走到保險箱前。「有個人叫紐曼主教，」他說，「是個紅衣主教，」他解釋道，「也就是社區首席歌唱家一流的人物。」

「哦，美麗的米蘭的潘杜爾夫，紅衣主教，我在莎士比亞裡面讀到過。」

「你當然讀到過。好了，我剛才說到，有個人叫紐曼紅衣主教。啊，就是這本書。」他抽了出來。「我要談紐曼的書，也想談談這一本書，是一個叫麥因·德·畢蘭的人寫的。他是個哲學家——你要是知道什麼是哲學家的話。」

「就是能夢想出許多東西的人，夢想的東西比天地間的事物還多。」（哈姆雷特第二幕第五景）野蠻人立即回答。

「說得很對，我馬上就給你唸一段他確實夢想出的東西。現在你聽一聽這位古時候的首席歌唱家的話。」他在夾了一張紙條的地方翻開，讀了起來，「我們並不比我們所佔有的東西更能夠支配自己。我們並沒有創造出自己，也無法超越自己。我們不是自己的主人，而是上帝的財富。這樣來看問題難道不是我們的一種幸福嗎？認為自己能夠支配自己能得到幸福嗎，能得到安慰嗎？少年得志的人可能這樣想，以為能使一切事物按他們的想法及方式做很了不起，不必依靠任何人。對視野以外的東西一律不予考慮，不必因為總需要感謝別人，徵求別人的意見，總需要祈禱而煩惱。可惜隨著時光的流逝，這些少年得志的人也必然會跟別人一樣發現，人未必是天生獨立的——獨立狀態並不是自然狀態。獨立在一定時間內也許可能，卻無法使我們平安到達目的地……」穆斯塔法·蒙德停了停，放下第一本書，拿起了第二本翻著。「就拿這一段為例，」他說，然後就以他那深沉的聲音唸了起來，「人是要衰老的；他從內心強烈地感到衰弱、陰暗、煩惱，這種感覺是隨年齡的增長而增長的。最初有這種感覺時他以為是病了，以為這種痛苦處境是某種特殊原因造成的，用這種想法來減少恐懼。他希望那病跟別的病一樣，能夠治好。這是幻想！那病叫做衰老，是一種令人毛骨悚然的病。有人說對死亡和死亡後的恐懼使人到老年之後轉向宗教，但是我自己的體會使我深信：宗教情緒是隨著年齡的增長而增長的，與這一類的恐懼或想像並無關係。宗教情緒會發展，因為那時激情平靜了，幻想和感受力隨之減弱，難於喚起，於是理智活動受到的干擾減少，能引起人們的想像、欲望和妄想的東西對理智的影響也減少，這樣上帝就出現了，宛如雲開日出。我們的靈魂感覺到了，看見了，向諸般光明的源頭轉了過去——很自然地，無可避免地轉了過去。因為現在給予感官世界以生命和勉力的東西已經被篩掉，離開了我們；那驚人的存在現在已不再受到內在和外在印象的支持；我們感到需要依靠一種永恆的東西，一種永遠不會欺騙我們的東西——一種現實，一種絕對的永恆的真理。是的，我們無可逃避地要轉向上帝。因為這種宗教情緒的本質是如此純潔，使能夠體會到它的靈魂如此愉悅，可以彌補我們在其他方面的損失。」穆斯塔法．蒙德合上書，身子往椅背上一靠。「天地之間有一種哲學家們連做夢也沒有想到過的存在，那就是我們，（他揮舞著一隻手）就是我們這個現代的世界。你只能在獲得青春和昌盛之時對上帝獨立。獨立並不能把你安全地送到最後。可是我們卻自始至終得到了青春和繁榮，隨之而來的能有什麼？顯然我們是能夠獨立於上帝之外的。『宗教情緒將彌補我們的一切損失。』可是我們並沒有需要彌補的損失；宗教情緒是多餘的東西。既然青年時期的欲望全都可以滿足，為什麼還要尋求那欲望的代用品呢？既然我們能夠從自古以來的種種胡鬧活動獲得盡情的享受，為什麼還要追求那類娛樂的代用品呢？既然我們的身心都能在活動中不斷獲得愉悅，為什麼還要休息呢？既然我們有唆麻，為什麼還需要安慰呢？既然我們已經獲得了社會秩序，為什麼還需要追求永恆呢？」

「那麼你認為上帝是沒有的？」

「不，我倒認為上帝十之八九是有的。」

「為什麼？……」

穆斯塔法・蒙德打斷了他的話。「但是上帝對不同的人有不同的表現。在現代期以前上帝的表現正如這本書裡所描述的。可是現在……

「可是，現在上帝是怎樣表現自己的呢？」野蠻人問。

「喔，他表現為一種虛無的存在；彷彿根本不存在。」

「那可是你們的錯。」

「把它叫做文明的錯吧。上帝跟機器、科學醫藥和普遍的幸福是格格不入的。你必須做出選擇。我們的文明選擇了機器、醫藥和幸福。因此我就把這些書鎖進了保險箱。它們骯髒，會嚇壞人的……」

野蠻人打斷了他。「可是，感到上帝的存在不是很自然的嗎？」

「你倒不如問：穿褲子拉拉鍊不也是很自然的嗎？」總統尖刻地說，「你叫我想起了另外一個這樣的老頭，他叫布拉德利。他對哲學下的定義是：為自己出於本能所相信的東西尋找出的蹩腳的解釋！彷彿那時人們的信仰是出於本能似的！一個人相信什麼是由他的條件設置決定的。找出些蹩腳理由為自己因某種蹩腳理由相信的東西辯護——那就是哲學。人們相信上帝因為他們的條件設置使他們相信。」

「可是情況還是一樣，」野蠻人堅持不懈，「在孤獨的時候你就相信上帝，當你很孤獨，在夜裡，思考著死亡的時候。」

「可是，現在人們是決不會孤獨的，」穆斯塔法．蒙德說，「我們把他們製造得仇恨孤獨；我們為他們安排的生活使他們幾乎不可能孤獨。」

野蠻人神色暗淡地點了點頭。他在馬培斯感到痛苦，因為人家把他孤立於村莊活動之外；而在文明的倫敦他也感到痛苦，卻是因為無法逃避社會活動，無法獲得平靜的孤獨。

「你記得〈李爾王〉裡的那段話嗎？」野蠻人終於說道，「諸神是公正的，他們使我們的風流罪過成為懲罰我們的工具；他在黑暗淫褻的地方生下了你，結果使他失去了他的那雙眼睛。這時愛德蒙回答道——你記得，他受了傷，快要死了，『你說得不錯，大道的車輪已經循環了過來，所以有了我。』這怎麼樣？這不很像有一個掌握萬物的上帝在獎善懲惡嗎？」

「真的嗎？」這一回是總統提問了。「你可以跟一個不孕女盡情地尋歡作樂，決不會有被你兒子的情婦剜去雙眼的危險（李爾王第五幕第三景）。『車輪循環過來了，所以有了我。』現在的愛德蒙會怎麼樣呢？他坐在氣墊椅裡，摟著女孩的腰，嚼著性激素口香糖，看著感官電影。諸神無疑是公正的，但是他們的法律歸根到底卻是由社會的組織者口授的；上帝接受著人的指令。」

「你有把握？」野蠻人問，「你有充分的把握坐這兒氣墊椅裡的愛德蒙不會遭到跟那個愛德蒙同樣嚴厲的懲罰？——那個受傷流血快要死去的愛德蒙。諸神是公正的……他們難道不會因為他尋歡作樂、成為邪惡的工具而貶斥他？」

「在什麼地方貶斥他？作為一個快樂、勤奮、消費著商品的公民，這個愛德蒙無懈可擊。當然，如果你要採用跟我們不同的標準，你也許可以說他被貶斥了。但是我們應該堅持單一套規則，不能按玩汪汪狗患離心球的規則玩電磁高爾夫。」

「但是價值不能夠憑私心的愛憎決定；」野蠻人說，「一方面這東西的本身必須確有可貴之處，另一方面它還必須為估計者所重視。它的價值必須這樣來確定。」

「好了，好了，」穆斯塔法．蒙德抗議了，「這不離題太遠了嗎？」

「如果你讓你自己想到上帝，就不會讓自己因為風流罪過而墮落。你必須有理由耐心地承擔一切和鼓起勇氣做事。這，我在印第安人身上看見過。」

「我肯定你看見過，」穆斯塔法．蒙德說，「但我們不是印第安人，我們沒有必要讓文明人承擔什麼嚴重的折磨。至於鼓起勇氣做事——佛特禁止這種念頭進入人們的頭腦。如果每個人都獨行其是，整個社會秩序就會叫打亂了。」

「那麼對自我否定你們又怎麼看呢?既然有上帝,你們也就有自我否定的理由。」

「但是必須取消了自我否定才會有工業文明。必須自我放縱到衛生和經濟所能容忍的最高限度,否則輪子就會停止轉動。」

「你們有理由需要貞操!」野蠻人說,說時有點臉紅了。

「但是貞操意味著激情,意味著產生神經衰弱而激情和神經衰弱卻意味著不安定;從而意味著文明的毀滅。沒有大量風流罪過就不可能有持久的文明。」

「但是上帝是產生一切高貴、善良和英勇的東西的原因。如果你們有上帝的話……」

「親愛的年輕朋友,」穆斯塔法·蒙德說,「文明絕對不需要什麼高貴和英雄主義。這類東西都是沒有政治效率的病症。在我們這樣的有合理組織的社會裡,沒有人有機會表現高貴或英勇。這種機會只能夠在環境完全混亂時出現:在戰爭的時候,在派別分化的時候,在需要抵制誘惑的時候,在爭奪或保衛愛的對象的時候——顯然,在那種時候高貴和英雄主義才會有點意義。可是現在是沒有戰爭的。我們為防止對某一個對象愛得太深,做出了極大的努力。我們這裡沒有派別分化這個東西。你的條件設置又讓你忍不住要做你應該做的事;而你應該做的事總體說來又是非常愉快的,能夠讓你任意發洩你的種種自然衝動,實際上不存在需要你去抵抗的誘惑。即使由於某種不幸的意外確實出現了不愉快的事情,那好,還有唆麻讓你遠離現實去度唆麻假;永遠有唆麻可以平息你的怒氣,讓你跟敵人和解,讓你忍耐,讓你長期承受痛苦。在過去,你得做出巨大的努力，經受多年艱苦的道德訓練；現在只需吞下兩三個半克的唆麻就行了。現在誰都可以道德高尚，一個瓶子就可以裝下你至少一半的道德，讓你帶了走。沒有眼淚的基督教——唆麻就是這種東西。」

「但是眼淚是需要的。你還記得〈奧塞羅〉的話吧？要是每一次暴風雨之後都有這樣和煦的陽光，就讓狂風恣意地吹，把死亡都吹醒了吧。有一個印第安老人常告訴我們一個故事。是關於瑪塔斯吉的女孩的。小伙子要想跟她結婚必須到她園子裡去鋤一上午地。鋤地好像很容易，但是那兒有許多許多有魔法的蚊子和蒼蠅。大部分小伙子都受不了叮咬，可受得住叮咬的卻得到了那女孩。」

「這故事很好聽！但是在文明的國家裡，」總統說，「你可以用不著替女孩種地就得到她。也沒有蒼蠅蚊子叮咬。我們好多個世紀以前就消滅了蚊蠅了。」

野蠻人皺起雙眉點了點頭。「你們把蒼蠅蚊子消滅了，把一切不愉快的東西消滅了，而不是學會忍受它們。『默然忍受命運的暴虐的毒箭，或是面對著苦海，拿起刀子做個一了百了。』（哈姆雷特第三幕第一景）可是你們兩樣都不做。既不『默然忍受』，也不『一了百了』。只是把毒箭取消，那太容易了。」

他突然沉默了，想起了他的母親。琳達在她三十七層樓上的房間裡曾經飄浮在一個瀰漫著歌聲的海裡，那兒有光明和麝香的愛撫——她飄走了，飄到空間以外，時間以外，飄到她的回憶、習慣和她那衰老臃腫的身子的囚車以外去了。而湯瑪金，以前的孵化及條件設置主任湯瑪金，現在還在唆麻假期裡——那擺脫羞辱和痛苦的唆麻假裡，在一個他聽不見嘲弄的話和諷刺的笑，看不見那張奇醜的面孔，感覺不到那兩條濕源源的肥胳臂摟住自己脖子的世界裡——美妙的世界裡……

「你們需要的是，」野蠻人繼續說道，「換上點帶眼淚的東西。這兒的東西都不如眼淚值錢。」

（「造價一千二百五十萬元，」在野蠻人對他提起這話時，亨利・福斯特曾經抗議過，「一千二百五十萬元——那是新的條件設置中心的價值，分文不少。」）

「勃勃的雄心振起了他的精神，使他蔑視不可知的結果，為了區區彈丸之地，拼著血肉之軀去向命運、死亡和危險挑戰（哈姆雷特第四幕第四景）。進裡頭不是還有點東西嗎？」他抬頭看著穆斯塔法・蒙德問道，「與上帝無關——當然，上帝也可能是理由之一。危險的生活裡不也有點東西嗎？」

「有很多東西，」總統回答，「男人和女人的腎上腺素每過一些時候都需要受到點刺激。」

「什麼？」野蠻人莫名其妙地問。

「那是身體完全健康的條件之一。因此我們才把接受V・P・S治療定為義務性的。」

「V・P・S？」

「代猛烈情素。每月固定接受一次。我們讓腎上腺素彌漫了整個生理系統。從生理上說它完全和恐怖與狂怒相等。它所能產生的滋補效果跟殺死苔斯德蒙娜和被奧塞羅殺死相同，卻絲毫沒有它的不方便。」

「可是我卻喜歡那種不方便。」

「可是我們不喜歡，」總統說，「我們喜歡舒舒服服地辦事。」

「我不需要什麼舒服。我需要上帝，需要詩，需要真正的危險，需要自由，需要善，需要罪惡。」

「實際上，你要求的是受苦受難的權利。」

「那好，」野蠻人挑戰地說，我現在就要求受苦受難的權利。」

「你還沒有說要求衰老、醜陋和陽痿的權利；要求害梅毒和癌症的權利；要求食物匱乏的權利；討人厭煩的權利；要求總是戰戰兢兢害怕明天會發生的事的權利；要求害傷寒的權利；要求受到種種難以描述的痛苦折磨的權利。」良久的沉默。

「這一切我都要求。」野蠻人終於說道。

穆斯塔法．蒙德聳聳肩，「那就照您的意思辦吧！」他說。

第十八章

門半開著，他們倆進來了。

「約翰！」

一種不愉快的、帶他的特性的聲音從浴室傳來。

「出了什麼事嗎？」赫姆霍茲叫道。

沒有回答。不愉快的聲音又出現了，兩次。沒有聲音了。浴室門咔噠一聲開了。野蠻人走了進來，非常蒼白。

「我說呀，」赫姆霍茲很關心地說，「你臉上的確帶病容，約翰！」

「你吃了什麼不受用的東西嗎？」伯納問。

野蠻人點點頭，「我吃了文明。」

「吃了什麼？」

「我中毒了；受了污染。而且，」他放低了聲音說，「我吞下了自己的邪惡。」

「不錯，可究竟是出了什麼事？……我是說你剛才在……？」

「我現在已經清洗了自己，」野蠻人說，「我拿芥末沖溫水喝了。」

兩人瞪大了眼驚異地望著他。「你是說你是故意那麼做的？」伯納問。

「印第安人就是那麼清洗自己的。」他坐了下來，嘆了一口氣，用手抹了抹前額。「我要休息幾分鐘，」他說，「我相當疲倦了。」

「喔，這我倒並不意外，」赫姆霍茲沉默了一會兒，說，「我們是來告別的。」他換了個口氣說了下去，「明天我們就走了。」

「是的，明天我們就走了。」伯納說。野蠻人在他臉上看見了一種完全決心聽天由命的表情。「順帶說一句，約翰，」他說了下去，坐在椅子上，身子前傾，把手放在野蠻人的膝蓋上，「我要說明我對昨天發生的事有多麼抱歉，」他臉紅了，「有多麼慚愧，」儘管說時聲音顫抖，「事實上是多麼……」

野蠻人打斷了他的話，動情地抓住他的手，捏了捏。

「赫姆霍茲對我好極了，」伯納停了一下，說了下去，「要是沒有他我早就……」

「好了，好了。」赫姆霍茲抗議道。

沉默。三個年輕人儘管痛苦，反倒快活起來了，因為他們的痛苦象徵了他們對彼此的愛。

「今天早上我去看了總統。」野蠻人終於說話了。

「我問他我是否可以跟你們一起到海島去。」

「他怎麼說？」赫姆霍茲迫不及待地問。

野蠻人搖搖頭。「他不讓我去。」

「為什麼不讓？」

「他說他想繼續做實驗。可是，我他媽的是不會幹的，」野蠻人突然發起脾氣來，說，「我才不願意給他當什麼混帳的實驗品呢。就算全世界的總統都來求我，我也不幹。我明天也拔腿走人。」

「可是，你到哪兒去？」兩人同時問。

野蠻人聳聳肩。「哪兒都可以去，我不在乎。只要能夠孤獨就行。」

下行線路是從紀爾福德沿威谷到戈登明，經密爾佛、魏太利到哈索密，再穿過彼德菲爾飛向朴茨茅斯。而大體與此平行的上行路線則要經過華波斯頓、同安、帕特南、愛爾絲特和格雷莎等地。這兩條線路在野豬背和紅鹿頭之間有幾處地方相距不到六七英里。這個距離對於粗心的駕駛員實在太近——特別是在他們多吞了半克唆麻的晚上。發生了幾起事故，嚴重的事故。於是決定把上行線路往西挪開幾公里。這樣，在格雷莎和同安就留下了四座燈塔，標誌著從朴茨茅斯到倫敦的舊飛行線路。燈塔上的天空寧靜寥落。此時直升機正在塞爾波恩、波爾頓和法恩漢上空不斷嗡嗡著。轟鳴著。

野蠻人選擇的隱居地是聳立在帕特南和愛爾絲特之間的小山頂上的一座舊燈塔。那建築物是鋼骨水泥做的，目前情況依舊良好。野蠻人第一次探索這地方時曾經嫌它太舒服，文明到了幾乎奢侈的程度。但他向自己保證一定要以更加嚴格的自律和更加脫胎換骨的滌罪進行彌補，以此安撫自己的良心。他在隱居地的第一夜故意沒有睡覺，只是一個小時接一個小時地跪在地上祈禱，時而向有罪的克勞狄斯（哈姆雷特的叔父弒兄佔嫂篡位）曾向它乞求饒恕的天庭祈禱；時而用祖尼語向阿沃納微羅那祈禱，時而向耶穌和普公祈禱，時而向他的守護生靈鷹隼祈禱。他不時地平伸了雙臂，好像上了十字架，許久許久不動，伸得胳臂生疼，越來越疼，疼得發抖，難以忍受。他平伸著手，自願上了十字架，同時咬緊牙關，痛得汗流滿面。「啊，饒恕我吧！啊，保佑我純潔！幫助我善良！」他一再地說，直到痛得幾乎昏死過去。

到了早上，他覺得已經取得了在燈塔裡居住下去的權利；儘管那裡大部分窗戶還有玻璃，而從平臺上看出去景色也太美麗。讓他選擇燈塔的理由幾乎立即引導他走上了另外一條路。他選擇到那兒去居住，因為那兒有十分美麗的景物，因為從他那有利的地位看去，似乎可以看見神靈的聖體。可是他是什麼樣的人，竟然得到如此的嬌慣，可以每時每日欣賞如此的美景？他是什麼樣的人，竟然可以與上帝的聖體生活在一起？他是只配居住在骯髒的豬圈或是地下的黑洞中的。因為長夜的煎熬他的身子仍然僵硬，餘痛也還在，也正因此他才覺得良心稍安了。他爬上了塔樓的平臺，向旭日東昇的光明世界望去：他已經重新獲得了在這裡居住的權利。北方的景色由野豬背蜿蜒的白里質群山包圍。群山東盡頭的後方矗立著七座摩天大樓，那就是紀爾福德。野蠻人一見那些大樓便不禁苦笑；但是隨著時間推移他必須與它們和諧相處，因為到了晚上不是它們那些幾何圖形的星星快活地眨眼，便是它們在泛光的照耀下，像發光的手指指向深杳神秘的天空。那手勢的意義在全英格蘭除了野蠻人之外恐怕是誰也體會不到的。

帕特南就在峽谷裡，在野豬背與他的燈塔所在的小山之間，是一個不起眼的小村莊。九層樓，有圓柱形糧倉，有一個家禽場和一個小小的維他命D工廠。燈塔南面是長滿石楠的漫長的緩坡，地勢漸漸降下去，跟一串池治連在一起。

池沼以外的森林後矗立著一座十四層的愛爾絲特大樓。紅鹿頭和塞爾波恩在朦朧的英格蘭空氣裡若隱若現，把眼光吸引到浪漫的藍幽幽的遠方。但是吸引野蠻人到他的燈塔來的還不僅是那遠景；迷醉他的還有這兒的近景。這森林，這大片大片的石楠叢和黃色的金雀花，還有那一片片蘇格蘭樅樹和櫸樹掩映的閃光的池塘，池塘裡的睡蓮和一叢叢的燈心草——這些都非常美麗，對習慣於美洲荒漠的枯寂的眼睛它們都是驚人的。何況還有孤獨！日子一天天過去，他沒有見到過一個人影。燈塔距離切林十字架只有一刻鐘的飛行距離；但是這個蘇瑞郡的荒原卻比馬培斯的群山還要荒涼。人群一批批離開倫敦，卻只是去玩電磁高爾夫或是網球。帕特南沒有高爾夫球場；最近的瑞曼球場也遠在紀爾福。這兒唯一能夠吸引人的東西是野花爛漫的景色。既然沒有好的理由來此，所以這兒就沒有遊人光顧。開初的日子野蠻人過著孤獨的生活，沒有受到干擾。

約翰初到倫敦時領了一筆個人的零用錢，那錢大部分已花在了裝備上。離開倫敦之前他買了四條人造毛毯子、粗繩、細線、釘子、膠水、幾件工具、火柴（不過他打算到時候就做一個取火鑽）、罐子、盤子、二十四袋各類種子和十公斤麵粉。「不，不要合成澱粉和廢棉代麵粉，」他曾經堅持，「儘管那要營養一些。」可是遇見泛腺體餅乾和加了維他命的代牛肉時他卻在老闆的勸說前讓步了。現在望著這些罐頭他又強烈地譴責起自己的軟弱來。可恨的文明產品。他下了決心即使挨餓也不吃那些東西。「那對他們會是一種教育。」他報復地想道。可那對他也會成為一種教育。

他數了數錢，他希望剩下的幾個錢能夠讓他度過冬天。到了明年春天地菜園裡的產品就足夠讓他獨立於外部世界了。同時，獵物總是有的。他看見過很多兔子，池塘裡還有水鳥。他立即開始做起弓箭來。

燈塔旁邊就有白楊樹，還有一整林子的樟木，滿是直得漂亮的枝條，是做箭杆的好材料。他從砍倒一株小白楊開始，砍出六尺沒有分杈的樹幹，削去樹皮，然後照老米季馬教他的樣子，削掉樹皮，一刀一刀削掉了白色的木質，削出了一根和他自己一樣高的棍子。當中粗些是為了結實，兩頭細些是為了靈活方便。工作給了他極大的樂趣。他在倫敦度過了幾週遊手好閒、無事可做的日子，需要什麼只需按一下按鈕或是拉一拉手柄。現在做起需要技巧和耐心的工作來竟純粹是一種享受了。

他差不多把根棍子削成了弓體，忽然意識到自己唱起歌來了，吃了一驚。唱歌！他彷彿從外面回來，突然撞上自己在幹著壞事而且現場拿獲了，不禁慚愧得滿臉通紅。他到這兒來畢竟不是為了唱歌和享受，而是為了不讓文明生活的垃圾繼續污染他的；是為了清洗污穢，彌補過失，積極進行彌補的。他惶惑地意識到，在他沉溺於削製弓體的時候，竟然忘記了自己發過誓要隨時記住的東西——可憐的琳達，自己對琳達那兇狠的冷酷，還有那些在她死亡的神秘環境裡像蝨子一樣爬來爬去的討厭的多生子。他們的存在不僅侮辱著他的哀傷和悔恨，而且侮辱了神明。他曾經發誓要記住這些，而且要不斷做出補償。可現在他卻在削製弓體的時候竟唱起歌來了，的確是唱了……

他進了屋子，打開芥末盒子，放進了一些水，在火上煮了起來。

半小時以後，從帕特南單一波坎諾夫斯基小組來的三個負德爾塔農民到愛爾絲特去，偶然看見一個年輕人在山頂上廢棄的燈塔外面，光著上身，用一根打結的繩子鞭打著自己。背上橫著猩紅的鞭痕，一條條鞭痕滴著縷縷的鮮血。卡車司機在路邊停了車，跟他的兩個同伴一起搭拉了下巴，盯著看這個罕見的奇景。一、二、三，他們數著。打到第八鞭年輕人停止了自我懲戒，跑到樹林邊去，猛烈地嘔吐起來，嘔吐完了，回來又抓起鞭子狠打。九、十、十一、十二……

「佛特！」駕駛員低聲說，他的弟兄們也有同感。

「佛特呀！」他們都說。

三天以後，記者來了，像禿鷹落到了屍體上。

屍體已在鮮葉燃成的文火上烘乾，可以用了，野蠻人在忙著做箭杆。三十根樟樹條已經削好烤乾，用尖利的釘子做了箭鏃，弦口也仔細地刻好了。有天晚上他襲擊了帕特南家禽場，現在他已經有了足夠製造一個武器庫的羽毛。第一個記者找到他時他正在往箭杆上安裝羽毛。那人的氣墊鞋沒有聲音，悄悄來到了他的身後。

「早上好，野蠻人先生，」他說，「我是《每時廣播》的記者。」

野蠻人彷彿叫蛇咬了一口，跳了起來，箭、羽毛、膠水罐和刷子撒了一地。

「請原諒，」記者說，真心地感到過不去，「我不是故意的……」他用手碰了碰帽子邊緣——那是一頂鋁製的煙囪帽，鑲嵌了無線電收發報機。「請原諒我不能脫帽致敬，」他說，「帽子有點重。噢，我剛才在說，我代表《每時廣播》……」

「你要幹什麼？」野蠻人皺著眉頭問。記者用他最討好的微笑回答。

「當然，我們的讀者會非常感到興趣的，如果……」他把腦袋偏到一邊，微笑得幾乎有點獻媚的意思。「只需要你說幾句話，野蠻人先生。」他做了幾個禮貌性的手勢，迅速把兩根電線解開（電線連接著繫在腰間的移動電池上），分頭插進他那鋁製帽子的兩側。然後碰了碰帽子頂上一根彈簧，嗆，一根天線射了出來；他再碰了碰帽檐上的一根彈簧，一個麥克風就像玩具彈簧人一樣蹦了出來，懸在離他鼻子六英寸的地點，搖晃著。他再拉下受話器蓋住耳朵，按了一下左邊的按鈕——一種輕微的黃蜂般的嗡嗡聲出現了；再扭了一下右邊的把手，嗡嗡聲便為一種聽診器裡的刷刷聲、咯咯聲、打嗝聲和突然的吱吱聲所代替。「哈囉，」他對麥克風說，「哈囉，哈囉……」帽子裡突然響起了鈴聲。「是你嗎，艾索？我是普萊莫．梅隆。對，我找到他了。現在野蠻人先生要接過話筒說幾句話，野蠻人先生，是嗎？」他又堆滿他那討好的微笑看著他，「請告訴我們的讀者你為什麼到這兒來，是什麼叫你這麼突然離開倫敦的，（艾索，聽著！）還有，當然，那鞭打。」（野蠻人吃了一驚，他們怎麼會知道鞭打的事呢？）「我們都非常迫切想知道關於鞭打的事。然後再談點關於文明的問題。你知道那類東西的。『我對於文明女孩的看法，』只說幾個字就行，只要說幾個字……」

野蠻人照他的話辦了，只說了幾個叫人煩惱的詞，一共五個，再沒有多的——就是他對伯納談起坎特伯雷社區首席歌唱家時的那五個詞。「Hani sons eso eso na！」他揪住記者的肩膀一扭，扭得他轉過身子（那年輕人出面時包裝得很招人愛）像個職業足球冠軍一樣，鼓足力氣準確地踢了出去，給了他狠狠的一腳。

八分鐘以後最新版《每時廣播》已經在倫敦街頭出售。第一版通欄大標題為：「《每時廣播》記者尾椎骨慘遭神秘野人踢傷」，「轟動蘇利事件」。

「連倫敦也轟動了。」記者回家讀到這話時想道，但是那「轟動」卻疼得厲害，他坐下來吃午飯時得非常小心。

他的另外四個同事卻沒有因為他尾椎骨上那警告性的損傷而膽怯，當天下午便分別代表了《紐約時報》、法蘭克福《四度空間連報》、《佛特科學箴言報》和《德爾塔鏡報》來到燈塔採訪，受到了幾次接見，一次比一次粗暴。

「你這個不通情理的混球，」《佛特科學箴言報》記者揉著還在痛的屁股，站在安全距離之外大叫，「你怎麼不吞點唆痲？」

「滾！」野蠻人搖著拳頭。

對方倒退幾步、轉過身子。「吞下一兩克，壞事就不是現實的了。」

「Kohakwa iyatokya！」口氣帶著諷刺，咄咄逼人。

「痛苦就成了一種幻覺。」

「啊，是嗎？」野蠻人說，拾起一根樟木條子，大踏步撲了過來。

《佛特科學箴言報》記者急忙往他的直升機裡躲去。

然後野蠻人有了一會兒平靜。幾架直升機飛來，圍著燈塔探索地懸浮著。他對最靠近的一架煩擾人的飛機射了一箭，射穿了機艙的鋁製地板。一聲尖叫傳來，飛機以其超級充電器所能提供的最高加速度像火箭一樣躥上了天空。別的飛機從此以後便總保持在一個敬而遠之的距離。野蠻人不理會飛機的嗡嗡聲，一味地挖著他未來的菜園子。他在想像中把自己比做了瑪塔斯吉女孩的求婚者之一，在有翅膀的害蟲包圍之下巋然不動。過了一會兒，害蟲們顯然是厭倦了，飛走了。

他頭上的天空連續好幾個小時空空如也，除了雲雀叫，再也沒有聲音。

天氣熱得叫人透不過氣來，空中有了雷聲。他已經挖了一上午地，現在正四仰八叉躺在地板上睡覺。對於蕾妮娜的思念變成了真正的現實。蕾妮娜赤裸著身子，可以觸摸到，她在說，「親愛的，伸出你的手臂擁抱我！」她穿著鞋襪，灑了香水。不要臉的婊子！可是我我！她那兩條胳臂竟摟住了他的脖子！啊，她向他抬起了那乳房，仰起了嘴唇！蕾妮娜！我們的目光和嘴唇便是永恆……不、不、不、不！他翻身跳了起來，光著半截身子跑了出去。荒原邊上有一叢灰白的杜松。他對它衝去，刺進他懷抱的是一片綠色的松針，而不是他所渴望的滑膩的肉體。無數尖利的松針扎著他，他努力想著可憐的琳達，喘著氣，手亂抓，眼裡有說不出的恐怖。可憐的琳達，他發誓要記住的琳達！但是縈繞在他心裡的仍然是蕾妮娜那身子。即使松針扎得他生疼，他那畏縮的肉體感覺到的還是真切得無法逃避的蕾妮娜。「親愛的，親愛的，既然你也想我，為什麼就不……」

鞭子就掛在門邊的釘子上，好在記者來時取用。野蠻人一發狂，跑回屋抓住鞭子，唰的一鞭，打了結的繩咬進了自己的肉。

「婊子！婊子！」每抽一鞭便大叫一聲，好像抽的是蕾妮娜，（他多麼瘋狂地希望那就是蕾妮娜，自己卻沒有意識到，）白生生、暖烘烘、噴了香水的蕾妮娜！他就像這樣抽打著她，那不要臉的蕾妮娜。「婊子！」然後是一種絕望的聲音說，「啊，琳達，原諒我」上帝呀，我講！我邪惡，我……不，不，你這個婊子！你這個婊子！」

這整個過程已被感官電影公司最行家裡手的大腕攝影師達爾文．波拿巴特觀察到了。他正躲在三百公尺以外精心建造的掩體裡。耐心與技巧獲得了報償。他在一棵偽裝橡樹的樹洞裡坐了三天，在石楠叢裡爬了三夜，把麥克風埋藏在金雀花叢中，把電線埋在灰色的軟沙裡。七十二小時裡他備嘗了艱辛，現在偉大的時刻來了——這可是自從他拍攝了咆哮震天的立體感官電影猩猩的婚禮之後的最偉大的時刻，達爾文．波拿巴特在他的工具之間活動時想道。「精彩！」野蠻人一開始那驚人的表演，他就對自己說，「精彩！」他小心地調著望遠攝影機的鏡頭，盯緊了那移動著的對象。他開動了更大的功率，逼近拍攝了一個瘋狂歪扭的面部特寫（太好了！）；隨即轉為半分鐘慢鏡頭（他向自己保證會產生絕妙的喜劇效果），同時細聽著記錄在他的膠片邊上的鞭打聲、呻吟聲和囈語聲。他把那聲音稍微放大一點聽了聽（喔，精彩多了，絕對）而在暫時的平靜裡他又聽見了一隻雲雀的尖聲歡叫，他感到很高興；他希望野蠻人會轉過身子，讓他給他背上的血痕拍個漂亮的特寫——而幾乎就在他轉念之間（多麼驚人的幸運！）那位通情達理的傢伙竟真地轉過了身子，讓他拍了一個十全十美的特寫。

「噢，了不起！」拍完之後，他自言自語說，「的確是了不起！」他擦著臉。到攝影棚配上感官效果准會成為一部精彩的電影的。幾乎跟《抹香鯨的愛情生活》一樣捧，達爾文．波拿巴特想道——而那，佛特呀！說明的問題可就多了！

十二天以後《蘇瑞郡的野蠻人》已經放映，可以在西歐任何一家一流的電影宮裡看見、聽見和感覺到。

達爾文·波拿巴特的影片立即產生了效果，巨大的效果。電影放映後的當天黃昏，約翰在鄉下的孤獨突然被頭上一窩蜂出現的直升機打破了。

他在他的園子裡挖地——一邊挖地，一邊挖掘著自己的心，苦苦翻掘著他的思想的實質。死亡——他鏟了一鏟子，又鏟了一鏟子，又是一鏟子。我們所有的昨天，不過是替傻子們照亮了到死亡的土壤中去的路。一聲有說服力的霹靂通過這話隆隆炸出。他鏟起了另一鍬土。琳達是為什麼死的？為什麼要讓她慢慢地變，變得越來越沒有個人樣，然後終於？……他打了一個寒磣。一塊大可親吻的臭狗肉。他把腳踏在鏟子上狠狠地往結實的土地裡踩。我們在上帝面前就像頑童眼裡的蒼蠅；他們殺死我們只為了取樂。又是一聲炸雷。那可是千真萬確的道理——在一定的意義上比真理還要真實。可是那單一個格羅斯特又把他們叫做永遠溫柔的神靈。你最好的休息是睡眠，你也常常渴望睡眠，可你又愚蠢地怕死，而死只是不存在而已。死亡不過是睡覺，睡覺，也許還做夢。他的鐵鍬鏟在一塊石頭上，他彎下身子要揀起石頭。因為在那死亡的夢裡，會出現什麼樣的夢？……

頭頂的嗡嗡聲變成了轟鳴；一片陰影突然遮住了他，有什麼東西插到他和陽光之間了！

他吃了一驚，停下挖土和思想，抬頭一看。眼前的景象使他頭昏眼花，混亂糊塗。他的心還在另外一個世界遊蕩，在那比真實還真實的世界裡，還集中在死亡與神靈的汗漫天涯裡，抬頭卻看見了那黑壓壓一大片懸浮的直升機向他的頭頂逼了過來。直升機像蝗蟲一樣飛著，懸浮在空中，在他四面八方降落，落到石楠叢裡，然後從這些碩大無朋的蝗蟲肚子裡走出了穿白色黏膠法蘭絨衫的男士，和因為怕熱穿著人造絲山東寬袍、天鵝絨短褲、或無袖坦胸連衣裙的女士——每架飛機一對。幾分鐘之內已經下來了好幾十對。他們圍著燈塔站成了一個大圓圈，瞪著眼看著，哈哈地笑著，照相機咋嗟咋嗟響著，向他扔著花生、性激素口香糖和泛腺小奶油餅，像扔給猴子一樣。他們的人數在每時每刻增加，因為現在野豬背上飛機的洪流還在不停擁來。幾十個立即變成了上百個，然後是幾百個，彷彿是一場噩夢。

野蠻人已往隱蔽處退卻，此刻正背對著燈塔，擺出一副暴虎憑河的架勢，瞪著眼前的一張張面孔，恐怖得說不出話來，像個瘋子。

一包口香糖準確地打在他臉上，把他從茫然狀態驚醒過來，讓他感覺到了更為直接的現實。一陣驚人的疼痛，他完全清醒了，清醒而且暴跳如雷。

「滾！」他大叫。

猴子說話了！歡笑和掌聲爆發。「可愛的老蠻子！烏拉！烏拉！」他從雜亂的人聲裡聽見了叫喊，「鞭子，鞭子，鞭子！」這話啟發了他，他抓住門背後釘子上那把打了結的繩，對折磨他的人們搖晃起來。

一陣帶諷刺意味的歡呼爆出。

他氣勢洶洶地向他們撲去。一個婦女嚇得叫了起來。人群裡受到最直接威脅的幾個人猶豫了一下，卻隨即穩住了，站定了。數是上的絕對優勢給了觀光者們勇氣，這可是出乎野蠻人對他們的估計之外的。他倒退了一步，站住了，四面看看。

「你們為什麼就不能夠讓我安靜安靜？」他的憤怒中幾乎帶著悲涼。

「吃點鎂鹽杏仁吧！」那人遞出了一包杏仁，野蠻人若是進攻他就會首當其衝。「挺好吃的，你知道，」他帶著頗有些緊張的微笑，和解地說下去，「鎂鹽可以讓你永遠年輕。」

野蠻人沒有理會他遞出的東西。「你們要拿我幹什麼？」他望著一個又一個傻笑的面孔問。「你們究竟要拿我幹什麼？」

「鞭子，」上百條喉嚨亂七八糟地叫了起來，「玩一個鞭子功。讓我們看看鞭子功。」

然後，眾口一聲叫了起來，緩慢、沉重而有節奏，「我們——要——看——鞭子——」背後的人群也叫了起來，「我們——要——看——鞭子——」

其他的人也立即跟著叫喊，重複著那句話，像鸚鵡學舌。他們叫了又叫，聲音越來越大，叫到第七八遍時什麼其他的話都不說了。「我們——要——看——鞭子——」

人群全都叫了起來。受到那喊聲，那團結一致，還有作為補償的節奏感的刺激，他們彷彿可以就像那麼叫上幾個鐘頭——幾乎可以沒完沒了地叫下去。但是重複到第二十五次時，那進程卻被驚人地打斷了。

又一架直升機從野豬背飛了過來，在人群頭上懸浮了一會兒，然後在野蠻人附近幾碼處停下，停在人群和燈塔間的空地上。螺旋槳的轟鳴暫時壓倒了叫喊。在飛機著陸、引擎關閉之後，同樣堅持的、單調的高叫又爆發了出來。

直升機的門打開了，踏出門來的首先是一個面孔紅撲撲的漂亮青年，然後是一個女郎，綠色天鵝絨短褲，白色襯衫，騎手小帽。

野蠻人看見那女郎便吃了一驚，退縮了，蒼白了臉。

那女郎站在那兒對他微笑著——一種沒有把握的、乞求的、差不多是低三下四的微笑。時間一秒秒過去。她的嘴唇動了，在說著什麼。但是語聲被反復的高叫壓倒了。

「我們——要——看——鞭子——」

妙齡女郎雙手壓在左邊，那張蜜桃一樣明艷、玩偶一樣美麗的臉上出現了一種渴望而痛苦的不和諧的表情。她那藍色的眼睛似乎變得更大了，更明亮了。兩顆淚珠突然滾下面頰。她又說話了，仍然聽不見。然後她突然做出一個急速的衝動的姿勢，伸出了雙臂，向著野蠻人走了過來。

「我們——要——看——鞭子——」

他們的要求突然得到了滿足。

「婊子！」野蠻人像瘋子一樣向她衝去。「臭貓！」他像個瘋子一樣揮起細繩鞭向她抽去。

她嚇得魂不附體，轉身便跑，絆了一下，摔倒在石楠叢上。「亨利，亨利！」她大叫。但是她那容光煥發的同伴早已經逃離了危險，躲到直升機後面去了。

人群又興奮又快活，哇哇大叫。圈子散了，人們往磁力吸引的中。動亂跑。痛苦是一種迷人的恐怖。

「懲罰，淫亂，懲罰！」野蠻人發了狂，又抽了一鞭。

人們迫不及待地圍了過來，像豬玀圍著食槽一樣亂拱亂擠。

「啊！肉欲！」野蠻人咬著牙，這一回鞭子落到了自己肩膀上。「殺死肉欲！殺死肉欲！」

苦痛的恐怖吸引了人群，出於內心的需要（那是他們的條件設置埋藏在他們心裡，無法抹去的），受到合作習慣的驅使和團結補償欲望的支配，他們也開始模仿起野蠻人的瘋狂動作來，用野蠻人鞭打自己背叛的肉體的瘋狂彼此毆打起來，或是毆打著他腳邊石楠叢中那豐腴的抽搐著的肉體——那墮落的體現。

「殺死肉欲，殺死肉欲，殺死肉欲……」野蠻人繼續喊叫。

這時有人開始唱起了「歡快呀淋漓」。頃刻之間大家都唱起了那句復句，唱著唱著又跳起舞來。歡快呀淋漓，一圈一圈地跳著，以六八拍子彼此拍打著。歡快呀淋漓……

最後的直升機飛走時已經過了半夜。野蠻人躺在石楠叢裡睡著了。唆麻使他迷醉，漫長而瘋狂的肉欲放縱使他筋疲力盡。他醒來時已經太陽高照。他躺了一會兒，像貓頭鷹對著光一樣迷迷糊糊地眨起了眼睛；然後突然醒悟過來——他明白了一切。

「啊，上帝，上帝！」他用手捂住了臉。

那天晚上一窩蜂越過野豬背來的直升機嗡嗡嗡飛成了十公里長的一片烏雲。頭天晚上的贖罪狂歡晚會的描寫登上了所有的報紙。

「野蠻人！」最先到達的人一下飛機就高叫。「野蠻人先生！」

沒有回答。

燈塔的門半掩著。他們推開門，走進百葉窗關成的昏暗。通過屋子對面一道拱門他們可以看到通向上面的樓梯的底。懸著一雙腳在門拱的正下方晃動著。

「野蠻人先生！」

緩慢地，非常緩慢地，像慢條斯理的圓規的腳，那兩條腿向右邊轉了過來，向北、東北。東、東南、南。西南轉了過去，停住，懸了一會兒，又同樣緩慢地向左邊轉了回去。西南、南、東南、東……

〈全書終〉

國家圖書館出版品預行編目資料

美麗新世界／阿道斯．赫胥黎（Aldous Huxler）著
楊佩芬譯
-- 初版 -- 新北市：新潮社文化事業有限公司，
2023.09
面；　公分
譯自：Brave new world
ISBN 978-986-316-890-4（平裝）

873.57　　112010439

美麗新世界

阿道斯．赫胥黎／著

楊佩芬／譯

【策　劃】林郁
【製作人】翁天培
【制　作】天蠍座文創
【出　版】新潮社文化事業有限公司
電話：(02) 8666-5711
傳真：(02) 8666-5833
E-mail：service@xcsbook.com.tw

【總經銷】創智文化有限公司
新北市土城區忠承路 89 號 6F（永寧科技園區）
電話：(02) 2268-3489
傳真：(02) 2269-6560

印前作業　菩薩蠻電腦科技有限公司

初　　版　2024 年 4 月